Ingrid Metz-Neun

Ich weiß jetzt, was ich will

Ingrid Metz-Neun

Ich weiß jetzt was ich WILL

Roman

Dieser Roman beschreibt die Gefühlszustände einer älteren Frau. Erleben Sie mit ihr Höhen und Tiefen, Wünsche und Verletzungen. Immer wieder geschehen unvorhersehbare Wendungen, aber am Ende wird alles gut.

Ingrid Metz-Neun, Jahrgang 1950, Schauspielerin, Sprecherin, Regisseurin, Autorin. Lebt nacht vielen Großstadtjahren in einem kleinen Ort an der Nordsee. Sie schreibt Geschichten, Gedichte und kleine Romane über das Leben.

www.ingrid-metz-neun.de

ISBN: 978-3-752690-15-6

Coverfoto: Peter Neun
Cover, Layout und Satz: Joachim Schüler, Fulda
Herstellung und Verlag: BoD - Books on Demand GmbH, Norderstedt, www.bod.de

*„Glück ist das Einzige, was sich verdoppelt,
wenn man es teilt“*

Albert Schweitzer

„Ich möchte mich noch einmal so richtig doll verlieben." Katrin sagte das sehr langsam und betont, bevor sie genüsslich das letzte Stück meines Rahm-Kirsch-Kuchens in ihrem Mund verschwinden ließ.
Eine kurze Weile war ich so geschockt, dass mir nichts dazu einfiel. Dann sagte ich etwas kleinlaut: „Wie meinst du das? Wir sind Mitte 60, wir hatten ein interessantes Leben und reichlich Männer. Wie soll das jetzt mit all unserer Erfahrung und unseren gewachsenen Ansprüchen, geschweige denn der gestiegenen Kritikfähigkeit, noch mal möglich sein?"

Wir schwiegen. Dann setzte Katrin an: „Doch, es ist seit einiger Zeit mein größter Wunsch, Gisela. Ich war nur einmal, als ganz junges Mädchen so richtig verliebt. Danach waren es immer nur „praktische Entwicklungen". Und heute glaube ich, dass ich während meiner zwei Ehen nie wirklich glücklich gewesen bin. Das war irgendwie alles nur Pflichterfüllung, die Kinder, der Job, der Haushalt …"
„Aber ihr habt doch viele schöne Sachen gemeinsam gemacht", unterbrach ich sie. „Und du hast doch ehrlich um Helmut getrauert, als er letztes Jahr starb."
„Ja, klar, aber als ich jetzt endlich mal Zeit hatte, über mein Leben nachzudenken, wurde dieser Wunsch, dieses Bedürfnis immer stärker."

Um Zeit zu gewinnen, goss ich uns Kaffee nach und rührte lange in meiner Tasse. Dann fragte ich: „Hast du denn schon eine Idee, wie du das anstellen willst?" „Ich habe eine Annonce in unserer Landeszeitung aufgegeben. Morgen treffe ich mich mit dem ersten Mann, der nett geantwortet hat."

Katrin war schon immer die viel, viel Mutigere von uns beiden. Ich blieb noch lange im Wintergarten sitzen und beobachtete die Vögel, die unser Vogelhäuschen aufsuchten, obwohl es in diesem Winter gar nicht kalt war. Immer wieder füllte ich das Futter auf. „Ob das bei diesen Temperaturen Sinn macht", schoss es mir durch den Kopf. Aber es machte so viel Freude, die kleinen Gartenbesucher zu beobachten. Und während oben fleißig gefressen wurde, warteten darunter auf dem Rasen schon die nächsten Hungrigen und überbrückten die Wartezeit mit den heruntergefallenen Resten.

Katrin hatte mich wirklich überrascht. Ihre Worte gingen mir nicht mehr aus dem Sinn.

Beim Liebemachen am nächsten Morgen musste ich immer noch daran denken. Vor lauter: „bin ICH eigentlich glücklich?" Nachdenken, kam ich zu keinem Orgasmus. Mein Mann spürte das und war ganz verzweifelt. „Was hast du, Liebes? Geht es dir nicht gut?

Hab ich dir weh getan?“
„Nein, mein Schatz, alles o.k. Ich habe nur schlecht geschlafen.“

Wie immer, kuschelte er sich eng an mich und schlief wieder ein. Nach einiger Zeit löste ich vorsichtig die Umarmung und stand auf.
Wie immer, verspürte ich unbändige Lust auf einen ersten Kaffee ohne ihn und einen Blick in die Zeitung. Noch nie war ich auf die Idee gekommen, die Seite mit den Inseraten näher zu betrachten.
Nach den Immobilienangeboten kamen die Angebote freier Schreiner, Gärtner und Baumfällarbeiter, daneben Gesuche alten Blechspielzeugs, Briefmarken und …
ja, diverse Spalten „Er sucht sie“ und „Sie sucht ihn“ und „Bekanntschaften“.
Ich schaute genauer. Tatsächlich, da suchten sich auch Ältere.
Nie war ich auf den Gedanken gekommen, dass gerade ältere Menschen, zum Beispiel nach dem Verlust eines Partners oder einer späten Trennung genauso liebedürftig sind wie junge.
Trotzdem fand ich Katrins Initiative – wie immer – sehr mutig.
Man wusste doch gar nicht, auf was man sich da einließ. Und wenn das ein Bösewicht war?? In der Zeitung oder auch am Telefon konnte man doch alles

Mögliche erzählen, das hinterher überhaupt nicht stimmte.

Natürlich war ich neugierig und rief Katrin direkt am Tag darauf an. „Wie ist es gelaufen?“ Kurze Pause. Dann meinte Katrin: „Mmmh, ich bin ehrlich enttäuscht. Es klang alles so perfekt, aber als ich ihn fragte, ob er Lust habe mit mir in den neuen Film mit Meryl Streep zu gehen, fragte er doch tatsächlich: ‚Wer ist das denn?‘ Was soll ich mit so jemandem?“
„Aber er hatte doch so nett geantwortet“, warf ich ein.
„Er ist ja auch nett, aber das ist auch alles.“
Ich fragte nicht weiter, weil ich das Gefühl hatte, dass Katrin nicht weiter darüber sprechen wollte.

Wir hatten uns länger nicht gesehen. Katrin hatte inzwischen Geburtstag gehabt, war aber zu dieser Zeit mit ihrer Tochter in Portugal gewesen. Jetzt feierten wir bei unserem Lieblingsgriechen bei Ouzo und Lammkoteletts mit reichlich Tzatziki ihren Geburtstag nach.
Ich hatte eine Überraschung für sie.
Nach dem Essen forderte ich sie auf, doch mal in die von mir mitgebrachte Ausgabe der ZEIT zu schauen.

„Ach, du weißt doch, wie schlecht die großformatige Zeitung bei Tisch zu lesen ist. Was steht denn Interessantes drin?"
Wortlos schlug ich ihr die Seite mit den Kennenlern-Annoncen auf. „Hier, lies mal!"

Immer noch ungläubig las Katrin die angekreuzte Anzeige:
„Frau (66), geistig und körperlich fit, möchte sich noch einmal von Herzen verlieben. Wo ist der Mann mit Niveau, der mich glücklich macht? Zuschrift unter …"
„Was soll das bedeuten??" Katrin schaute mich aus ihren braunen Augen ungläubig an.
„Mein Geburtstagsgeschenk an dich, meine Liebe. Ich dachte, die ZEIT lesen andere Männer als unsere Landeszeitung. Vielleicht ist da der Richtige dabei."

Jetzt nahm mich Katrin in den Arm und lachte. „Du bist ja verrückt. Auf eine solche Idee kannst auch nur du kommen."
„Da ich mit der Bezahlung auch meine Adresse angeben musste, kommen jetzt alle Bewerber erst mal bei mir an. Soll ich schon eine Vorauswahl treffen oder dir alle ungefiltert zukommen lassen?" fragte ich lachend.
„Mach das, wie du möchtest." Wir nahmen unsere Gläser und prosteten uns zu, immer noch unter glucksendem Lachen.

Nach etwa vierzehn Tagen erhielt ich einen dicken Briefumschlag vom ZEIT-Verlag. Darin lagen mehrere ungeöffnete Briefe, alle mit meiner Annoncennummer versehen.
Ich rief Katrin an. Wir verabredeten uns für den Nachmittag. Es widersprach mir, die Briefe zu öffnen, obwohl es mir in den Fingern kribbelte.

Katrin wartete gar nicht erst ab, bis sie meinen Aprikosen-Marzipan-Kuchen, den ich extra für sie kreiert hatte, probiert hatte, sondern stürzte sich sofort auf den Umschlag.
Sie las wortlos und reichte mir einen Brief nach dem anderen. Einem lag sogar ein Foto bei.

Katrin schrieb vielen der Männer zurück und mit einigen traf sie sich auch. An manchen Tagen war sie ganz euphorisch und überschlug sich in der Berichterstattung. Dann wieder tiefe Verzweiflung. Sie hatte drei Herren in die engere Wahl gezogen, konnte sich aber nicht entscheiden. Das ging wochenlang so hin und her. Letztlich hatte sie an allen etwas auszusetzen, blieb aber mit einem in brieflichem Kontakt.

Was ich ihr bei all dem nicht erzählt hatte: Nach einigen Wochen antwortete noch ein einzelner Nachzügler auf die Annonce. Weiß der Kuckuck was mich geritten hatte, aber von diesem Brief erzählte ich Katrin nichts. Er kam so in dieses Durcheinander hinein, dass ich ihn erst einmal beiseite legte. In der Nacht wachte ich auf und erinnerte mich daran. Im Nachthemd ging ich zum Schreibtisch und öffnete ihn.

Liebe Unbekannte, las ich. *Noch nie habe ich auf eine Annonce geantwortet. Bitte entschuldigen Sie die späte Antwort. Ich habe immer wieder hin und her überlegt, ob ich es tun soll. Zu meiner Person: Ich bin 72 Jahre, vorzeigbar, und wie Sie sich denken können, in Rente. Wobei es mir immer noch schwer fällt, das Wort ‚Rente‘ zu schreiben, denn das ist ein Zustand, den ich nie wollte. Ich war viele Jahre selbstständig und dachte, dies immer sein zu können, doch ‚technische Revolutionen‘ zwangen mich, meine einst gut gehende Druckerei auf-*

zugeben. Seitdem Jeder auf dem Computer sein eigenes Briefpapier o. ä. kreieren kann, sind wir kleinen Druckereien überflüssig geworden. Ich war noch einige Jahre in einer Großdruckerei tätig, doch dann wurde meine Frau sehr krank. Ich ging in Frührente und habe sie bis zu ihrem Tod gepflegt. Durch eine kleine Erbschaft und meine Rente kann ich mir ein sorgenfreies Leben gönnen. Die letzten Jahre habe ich sehr zurückgezogen gelebt. Meine Kinder wohnen weit entfernt, und ich möchte ihnen auch nicht „auf die Nerven" gehen. Aber nun merke ich, dass der Wunsch nach Nähe und Zweisamkeit immer stärker wird. Haben Sie Mut und antworten Sie mir? Ich würde mich sehr freuen.
Mit den besten Wünschen und herzlichen Grüßen
Volker Thomsen

Ich las den Brief mehrmals. Was war das für ein Mann?? Der Brief klang so aufrichtig und gar nicht angeberisch wie viele, die ich mit Katrin gelesen hatte. Nein, ich konnte es nicht erklären, aber ich fühlte mich zu diesem Menschen irgendwie hingezogen. Ich schlief schlecht und träumte von Verrat und schlimmen zusammenhanglosen Dingen.

Katrin war mit ihrem „Auserwählten" beschäftigt und fragte auch gar nicht, ob noch weitere Post gekommen sei. Mein Mann beobachtete mich sorgenvoll und fragte mich häufig, was ich denn hätte. Ich sei so still

und in mich gekehrt.
Kein Wunder! Mit niemandem konnte ich darüber reden.
Irgendwann sagte ich mir: „Was solls? Was ist schon dabei?“
Es war eine der Nächte, in denen ich nicht einschlafen konnte, da mein Mann eine zwar sehr abwechslungsreiche Melodie rauf und runter schnarchte, die aber viel zu laut wurde, und das immer dann, wenn ich dachte: „Jetzt bleibt es still.“

Ich stand auf und ging zum Schreibtisch. Zum gefühlten 100sten Mal las ich den Brief des Unbekannten. Ich schrieb wie er mit der Hand auf ein altes, schönes Briefpapier, das ich schon ewig nicht mehr benutzt hatte.

Moin, lieber Volker Thomsen. Mir geht es genauso wie Ihnen. Auch für mich ist es das erste Mal, das ich einem Unbekannten schreibe. Wir leben gerade mal 100 km voneinander entfernt, aber wie hätten wir uns sonst als über diese Annonce kennen lernen sollen? Ich bin keine geborene Norddeutsche, habe aber seit 5 Jahren die Nordseeküste und ihre Bewohner kennen und lieben gelernt. Auch ich hatte eine kleine Firma, von der ich nicht weiß, wie lange sie noch ihre Dienstleistungen „verkaufen“ kann, bevor Computer sie ersetzen. Mein Sohn führt sie glücklicherweise weiter.

Ich schreibe Ihnen, weil Sie der Einzige sind, der nicht mit Aussehen und Reichtum angegeben hat. Sie klingen so Vertrauen erweckend. Ich würde mich sehr freuen, wieder von Ihnen zu hören. Bitte benutzen Sie meine Postlagernd-Adresse, da ich sehr abgeschieden wohne und die Postbotin froh ist, wenn sie nicht extra zu mir rauskommen muss. Umgekehrt freue ich mich, eine Notwendigkeit zu haben, ins Dorf zu fahren und dort im Kaufladen, wo die Postfiliale untergebracht ist, einen ausgiebigen Schnack mit ihr zu halten.

Herzliche Grüße und eine Portion frischen Wind von der Küste
Gisela Telling

Am nächsten Tag richtete ich mir nach dem Einkaufen, zum Erstaunen der Postbotin, ein Postfach ein. „Es bleibt alles wie immer, bitte nur Briefe an mich persönlich hier her. Bitte!!!" Dabei schaute ich sie vielsagend an und schenkte ihr eine große Tafel ihrer Lieblingsschokolade.

Ich hatte sehr rasch nach unserem Umzug festgestellt, dass das Landleben liebevolle Vorteile parat hält. Es hatte sich schnell herumgesprochen, dass ich vor Jahrzehnten einmal eine gefragte Schauspielerin gewesen war, gerade auch für schlüpfrige Rollen. Erstaunlicherweise waren trotzdem fast alle im Dorf besonders freundlich zu mir. Nachdem ich viele Bewohner näher kennen gelernt hatte, schien es mir fast so, als seien alle Menschen mit „interessanter" Biografie geradezu eine willkommene Abwechslung für sie.
Mein Mann hatte es da wesentlich schwerer. Von Natur aus eher in sich gekehrt, war er froh, dass ich nach dem Umzug in unser „Refugium", wie wir es nannten, fast alle alltäglichen Arbeiten in Haus und Garten übernahm. So konnte er sich endlich ungestört seinen Entwürfen widmen. Er war noch ein Architekt alter Schule, überließ nichts dem Computer. Er stand stundenlang vor seiner Staffelei mit dem riesigen Zeichenbrett und tüftelte die verrücktesten Häuser aus.
Er liebte Landschaften. Niemals durfte ein Haus die Landschaft zerstören. Das war sein Credo. Mit den Jahren hatte er sich bei einer bestimmten Klientel einen Namen gemacht und jetzt, schon hoch in die Siebzig, nahm er nur noch sehr wenige Aufträge an. Aber jeder einzelne krönte einmal mehr sein Können. Aufhören würde für ihn den Tod bedeuten. Das sagte er immer wieder. Doch so kam es, dass nach fünf Jahren ihn so gut wie niemand im Dorf kannte.

Mein Mann hatte sich damals sehr gefreut, als ich nach schwerer Krankheit den Wunsch äußerte, endlich doch ganz an unsere geliebte Nordseeküste zu ziehen. Bis dahin war es immer mal wieder ein Urlaub an den verschiedensten Orten Schleswig-Holsteins gewesen. Nur hier konnten wir unsere „Batterien" ganz schnell auftanken. Aber bis zu meiner Krankheit hätte mein Mann nie von mir verlangt, unser städtisches Leben aufzugeben. Zu sehr war ich dort im Kulturleben verwurzelt.
Doch irgendwann spürte ich, dass mir das alles viel zu viel, viel zu laut, viel zu anstrengend geworden war.

Der abgelegene Resthof war dann schon ein kleiner Schock für mich. Aber ich sah ein, dass es zu wenig Bauland an den schönsten Orten gab und dieses alte Gemäuer genügend Raum für all unsere Hobbys barg. In kürzester Zeit hatte mein Mann eine Wohlfühloase daraus gemacht. Den größten Teil des dazugehörigen Weidelandes verpachteten wir an einen Bauern.

Den Garten anzulegen, bereitete mir die größte Freude. Und als ich bereits im zweiten Jahr eine reiche Ernte an Kräutern, Salaten und Gemüse hatte, ganz zu schweigen von den Erd- und Johannisbeeren, fühlte ich mich als „Bäuerin auf ihrer Scholle" angekommen.

Als nächste Leidenschaft gesellte sich Kochen und Backen hinzu. Nie hatte ich die Zeit dafür gehabt. Jetzt merkte ich, dass auch diese Tätigkeiten in erster Linie auf Erfahrung und Routine beruhen. Schon bald benötigte ich weder Waage noch Küchenmaschine. Ich hatte es einfach „im Griff" und empfand Rühren und Kneten als kleine sportliche Einlage.
Sicher hätte mir das nicht so großen Spaß gemacht, hätte ich nicht so einen liebevollen Testesser gehabt. „Das schmeckt mir nicht" gab es gar nicht. Lediglich an der Größe der Portionen konnte ich ablesen, ob etwas besonders gut ankam oder weniger.

Manchmal war ich so in meinem Element, dass ich viel zu viel kochte. Dann gab ich schon mal der Postbotin eine Portion mit, die das gerne annahm. Sie lebte alleine und kochte nicht gerne. Oder ich fror den großen Rest ein und schickte ihn dann – zum Entsetzen meines Sohnes – in einer Styroporbox in die Firma. Da fanden sich immer „hungrige Mäuler". Mein Sohn, der nach meinem Ausscheiden die Agentur besser führte als ich, wollte nicht so gerne, dass ich für die Mitarbeiter immer noch die „Mutterrolle" spielte. Per Skype hatten wir mindestens einmal die Woche Kontakt. Das war mir sehr wichtig, denn allzu oft besuchte er uns nicht. Er hatte sein Ferienidyll am Mittelmeer gefunden. Wärme schätzte er über alles.

Ich achtete jetzt viel intensiver auf die Jahreszeiten, freute mich auf die ersten Frühlingsblüher und das Summen der Bienen und Hummeln, genauso wie auf die Blattfärbung im Herbst, die Nebelschwaden, die Stürme und den Winter. Was gab es Schöneres, als bei Weißem Tee mit Geele Köm im Kuschelsessel vor dem Kamin zu relaxen? Was hatte ich früher alles versäumt?
Mir wurde plötzlich klar, dass wir uns – mein Mann und ich – nun fast 35 Jahre kannten, aber wir hatten ja nie wirklich zusammen „gelebt". Jeder hatte für seinen Beruf gelebt und sich dabei verausgabt und darüber hinaus war man noch mehrmals im Jahr in Urlaub gefahren. Das hatte alles nichts mit dem Alltag zu tun, wie wir ihn jetzt erlebten.
Plötzlich war da eine nie gekannte Nähe. Plötzlich stellte man auch Dinge am anderen fest, die einen störten, die früher aber nie aufgefallen waren. Aber das Haus war groß genug, dass man sich nach einem Streit auch mal separieren konnte, und irgendwann fand man für alles einen Konsens und freute sich zusammen zu sein.

Jeden Tag war ich dankbar, mich nicht mehr schminken oder stylen zu müssen. Fast jeden Monat verschickte ich ein Paket an eine Organisation, die für meine Schuhe, Hosen und Jacken, Bettwäsche und Handtücher dankbar war. Ich fühlte mich frei. Wie viele Dinge hatte ich zuvor im Überfluss angehäuft. Aber schließlich ist es ein Unterschied, ob man täglich Meetings mit wichtigen Kunden hat oder nur in Haus und Garten werkelt.

Wir merkten, dass wir träge wurden und verwöhnt. Wir genossen derart unsere Wohlfühloase, dass wir auf kleinen Reisen unser bequemes Bett vermissten oder sonstige Annehmlichkeiten. Bei mir sank das Bedürfnis nach Reisen oder Ausgehen fast auf Null.

Ich hatte durch die Postbotin, – sie kam immer erst am Nachmittag bei uns an, denn wir waren das letzte Haus auf ihrer Runde und sie freute sich auf einen Kaffee, etwas Süßes und einen Klönschnack – unseren nächsten Nachbarn, Bauer Lukas, und durch meine Einkäufe, Cafébesuche und kleine soziale Engagements schnell einige Bekanntschaften geschlossen.

Die Freundschaft mit Katrin war erst vor kurzem wieder zustande gekommen, nachdem wir uns fast 30 Jahre aus den Augen verloren hatten und dann zufällig beim Einkaufen trafen. Beide waren wir völlig überrascht, wie man in dieses kleine Fischernest gekommen war.

Sie erzählte, dass sie früher schon oft hier Urlaube verbracht und sich da schon immer gewünscht hatte, im Rentenalter hier zu leben. Gesagt, getan, nur leider war ihr zweiter Mann vor einem Jahr gestorben. Um nicht in ein Loch zu fallen, hatte sie eine Malschule eröffnet, die in der Urlaubszeit auch rege von den Touristen angenommen wurde. Endlich konnte sie ihr ursprüngliches Studium richtig ausleben. Nur leider waren die Teilnehmer bislang ausnahmslos weiblich, deshalb ihre Idee mit der Annonce.

Ich hatte ihr natürlich nicht erzählt, was ich inzwischen getan hatte. Dafür überschüttete sie mich ausgiebig und in allen Einzelheiten mit ihren Erlebnissen meiner für sie aufgegebenen Annonce. Sie war aber immer noch sehr frustriert über die Diskrepanz, wie sich die Herren vorstellten und beschrieben und was dann bei näherer Betrachtung davon übrig blieb. Auch der letzte Auserkorene, mit dem sie sogar ein paar Tage in Wien verbracht hatte, entpuppte sich leider als Niete. Er war – wie sie auf dieser Reise feststellte – Alkoholiker.

„Mmmh, dieser Apfel-Rahm-Kuchen, ist Dir aber besonders gut gelungen“, eröffnete Katrin mit halbvollem Mund das Gespräch. Vielleicht wollte sie mich auch nur freundlich stimmen, weil sie mir vor Tagen unmissverständlich, und in meinen Augen etwas zu grob, gesagt hatte, dass auch die Anzeige in der ZEIT unterm Strich nicht mehr gebracht hätte, als die in unserer Landeszeitung. Und sie fuhr fort:

„Ich habe mit Anja darüber gesprochen und die hat mich richtig ausgelacht. Heutzutage würde man doch nicht mehr ein so altmodisches Instrument wie eine Zeitung benutzen, um jemanden kennen zu lernen. Wozu gäbe es denn Internet?“

Mir war schon öfter aufgefallen, dass sich Katrin in vielen Dingen von ihrer Tochter Anja beraten ließ. Deshalb wunderte mich auch diese Aussage wenig.
„Ich habe jetzt ein Jahresabo bei der bekanntesten Dating-Plattform. Das ist doch sehr vielversprechender.“
Ich schaute sie immer noch etwas ungläubig an, denn ich kannte einige Paare, die sich über eine Zeitungsannonce kennen gelernt hatten, was Katrin aber veranlasste, mich weiter aufzuklären.

„Also, da gibt man alle Daten von sich ein und auch ein Bild und vor allem seine Hobbys und Vorlieben. Der Computer sucht dann unter allen Mitgliedern diejenigen aus, wo die größten Übereinstimmungen vorhanden sind. Diejenigen kann man sich dann anschauen und daten.“

„Daten“ schien zum Lieblingswort von Katrin avanciert zu sein, dachte ich bei mir.
„Und, wann datest du den ersten Kandidat“, fragte ich etwas süffisant.
„Schon heute. Sorry, ich muss auch gleich los. Hebst

du mir bitte noch ein Stück von diesem Apfel-Rahmkuchen auf. Er schmeckt zu gut." Sprachs, und war auch schon auf dem Weg zur Haustür.

Ich googelte erst einmal ausführlich das von Katrin genannte Dating Portal. Mehrere hundert Euro musste man für ein Jahresabo berappen. Katrins „Bedarf" an einer dauerhaften Zweisamkeit musste wirklich enorm sein, denn sie war nicht der Typ, der so viel Geld leichtfertig ausgab. Aber konnte ein Computer anhand von Daten wie Alter, Beruf, Vorlieben tatsächlich einen passenden Menschen ermitteln? Man sagt doch: „Gegensätze ziehen sich an." Allein diese fielen dann schon mal alle durch das Raster.
Ich war wirklich gespannt, was dabei heraus kam.

Katrin rief mich ein paar Tage später an und überschlug sich fast bei der freudigen Mitteilung, dass sie soooo viele „Bewerber" hätte. Sie käme mit dem Antworten kaum nach. Gut, dass die Ferienzeit vorüber sei und die Malschule geschlossen, so könne sie sich ganz den Männern widmen.
Ich wünschte ihr von Herzen viel Erfolg.

Noch immer hatte ich ihr nicht von Volker erzählt. Nach einigem Briefwechsel und schönen Telefonaten, wollten wir uns am nächsten Tag in einem Café auf halber Strecke treffen.

Ich fühlte mich wie 17, war unentschlossen, was ich anziehen sollte. Entschied mich dann für einen schlichten Hosenanzug mit bequemen Pulli und einem bunten Seidenschal.

Volker saß bereits im Café als ich eintraf, was mir sehr recht war. Ich mochte es immer noch nicht, allein in ein Restaurant oder Café zu gehen. Eine dumme Angewohnheit, die ich mir immer noch nicht abgewöhnt hatte.

„Schön, dass ich dich endlich näher kennenlernen darf", empfing mich Volker mit einem breiten Lächeln.
„Ich freue mich auch", sagte ich brav und fühlte mich wieder wie 17. „Schön ist es hier, sehr gemütlich. Hast du gut ausgesucht."
„Freunde hatten es mir empfohlen. Ich kannte es bis heute selbst noch nicht." Volker lächelte immer noch und griff über den Tisch nach meiner Hand.
„Erzähl. Wie kommst du in dieses abgelegene Fischerdorf, Gila?"
Ich erschrak. Er hatte sich also über mich informiert. Gila von Talhausen war mein Künstlername gewesen. Instinktiv zog ich meine Hand zurück. Aber mir fiel ein, dass nirgendwo im Netz zu finden war, dass ich geheiratet hatte.
Es war Dieters Idee gewesen nach vielen Jahren der

wilden Ehe. Wir hatten beide unsere Geburtsnamen behalten.

„Es war nach meiner Krebserkrankung. Ich sehnte mich einfach nur nach Ruhe“, antwortete ich.

„Aber jetzt geht es dir doch wieder gut?“

„Ja, ich hätte den Umzug nur früher machen sollen. Dann wäre ich vielleicht gar nicht krank geworden.“

Die Kellnerin nahm unsere Bestellung auf.

„Fühlst du dich denn nicht einsam auf „deiner Scholle“, fragte Volker jetzt direkt.

„Nein. Da du ja ein wenig über mich recherchiert hast, weißt du, wie ich früher in der Welt unterwegs war. Aber das macht nur Spaß in jungen Jahren. Mit dem Aufbau meiner kleinen Eventagentur habe ich mich dann selbstständig gemacht. Das war ein ziemlicher Kraftakt, den ich unterschätzt habe. Gut, dass mein Sohn mir die Arbeit abgenommen hat. Alles hat seine Zeit, sage ich mir immer wieder, und jetzt bin ich glücklich in der Abgeschiedenheit der Marschlandschaft, aber genauso wie du, würde ich mich über Zweisamkeit freuen, zumindest ab und zu. Ich glaube, zum Zusammenleben bin ich zu egoistisch geworden.“

„Du meinst also, du könntest keinen Mann ständig an deiner Seite ertragen?“ fragte Volker weiter.

„Denkst du nicht auch, dass man mit den Jahren Eigenheiten entwickelt, die für ein ständiges Zusam-

mensein schlecht sind?“
„Mmmh. Ich weiß nicht, ich glaube, ich könnte mir das schon gut vorstellen.“ Volker nahm wieder meine Hand und ließ sie erst los, als unser Kaffee und Kuchen serviert wurde.

Wir schwiegen eine kleine Ewigkeit. Ich schaute ihn an. Irgendetwas um seinen Mund gefiel mir nicht, aber ich konnte es nicht benennen. Es war nur so ein Gefühl.

„Schmeckt es dir?“ fragte er jetzt mitten in meine Gedanken.
„Oh ja, danke, sehr gut. Dir auch?“
„Ja. Weißt du, eigentlich bin ich gar nicht so ein Süßer. Ich mag es lieber deftig. Aber in deiner Gegenwart schmeckt mir wohl alles.“
„Oh, das ist aber schade. Ich backe wahnsinnig gerne, erfinde ständig neue Rezepte.“
„Aber hast du mir nicht auch von deinen Chutneys erzählt?“
„Gut, dass du mich daran erinnerst“, erwiderte ich mit halbvollem Mund und griff dabei in meine Tasche. „Hier. Mein zur Zeit liebstes Zwiebel-Apfel-Ananas-Chutney natürlich mit reichlich Chili“ und reichte ihm das Schraubglas. „Bitte angebrochen in den Kühlschrank stellen.“

Volker bedankte sich artig und so plätscherte das Gespräch noch ein wenig hin und her, bis er geradeheraus fragte:
„Wann kommst du mich zu Hause besuchen?"
Ich zögerte einen Moment. „Was mache ich hier?", fragte ich mich still. „Bin ich verrückt geworden? So weit wollte ich es doch gar nicht kommen lassen. Aber wie naiv bin ich??"

„Meinst du nicht, das ist ein wenig zu rasch?" fragte ich um Zeit zu gewinnen.
„Wir sind keine 20 mehr. Uns läuft die Zeit davon. Worauf willst du warten? Oder magst du mich nicht mehr?"
„Doch, doch, so war das nicht gemeint", versuchte ich mich aus der Klemme zu ziehen. „Wann dachtest du denn?"
„Nächste Woche. Ich koche auch was Schönes mit deinem Chutney", antwortete er grinsend.

Wir gingen anschließend noch ein wenig durch den für mich fremden Ort. Zum Abschied küsste mich Volker sehr leidenschaftlich. Und da war doch tatsächlich dieses berühmte Kribbeln im Bauch, das ich schon sooooo lange nicht mehr gespürt hatte.
„Ich freue mich auf dich. Bis nächste Woche." Dann winkte er mir noch lange nach.
Wie in Trance fuhr ich nach Hause.

„Hattest du einen schönen Nachmittag?“ So empfing mich mein Mann mit einer liebevollen Umarmung an der Haustür.
„Ja, danke, Schatz. Ich beginne gleich mit dem Abendessen.“
Aus schlechtem Gewissen kochte ich eines seiner Lieblingsessen. „Beobachtete er mich genauer als sonst, oder bildete ich mir das nur ein?“, überlegte ich stirnrunzelnd.

Die nächsten Tage zermarterte ich mir den Kopf, was ich Volker schreiben könnte, um die Verbindung abzubrechen. Es wollte mir nichts Vernünftiges einfallen.

Der Tag der Verabredung rückte immer näher. Da rief Katrin an. Ich war nicht zu Hause, deshalb ging Dieter ans Telefon und berichtete mir dann, dass Katrins Auto nicht anspringen wollte und sie doch übermorgen einen wichtigen Termin in Hamburg hätte. Ob ich sie vielleicht fahren könnte. Laut Werkstatt müsste sie einige Tage auf ihren Wagen verzichten.
War das ein Wink vom Himmel? Ich rief Katrin an und versprach ihr, sie zu fahren.

„Ich hab ein schlechtes Gewissen, dass du mir zuliebe einen ganzen Tag opferst. Was wirst du in der Zeit machen, während ich die Besprechung habe?“ fragte mich Katrin unterwegs.
„Mach dir keinen Kopf“, antwortete ich fröhlich. „Ich bin immer wieder gerne in Hamburg. „Mir wird schon etwas einfallen. Ruf mich einfach an, wenn du absehen kannst, wann du fertig bist.“

Mit klopfendem Herzen stand ich vor Volkers Haus. Ich hatte ihm geschrieben, dass ich nur käme, weil ich eine Freundin nach HH fahren müsste, und ich könnte auch nicht lange bleiben.

Volker hatte mich schon einparken sehen und öffnete die Tür, ohne dass ich geklingelt hatte. Er nahm mich in den Arm und küsste mich heftig. Dabei dirigierte er mich sanft aber bestimmt ins Schlafzimmer und warf mich aufs Bett.
„Was bildet er sich ein?“ dachte ich. Ließ es aber geschehen, denn das war etwas, was ich nur aus Filmen kannte, aber noch nie erlebt hatte.
Mich weiterhin küssend, waren seine Hände überall. Mich überkam so eine Lust wie nie zuvor. So sehr hatte mich ein Mann noch nie begehrt. „Hatte er nicht geschrieben, dass er die letzten Jahre sehr zurückhaltend gelebt hatte? Musste seine Leidenschaft jetzt endlich heraus?“ Das war meine einzige logische Erklä-

rung für diesen „Überfall“, den ich nur zu gerne über mich ergehen ließ. Auch was dann folgte, befriedigte mich zutiefst.

Katrins Anruf kam viel zu schnell. Ziemlich derangiert holte ich sie wieder ab. Sie sagte nichts. Das war mir nur recht. Wir schwiegen während der gesamten Rückfahrt.

Am nächsten Tag rief sie an. „Was war denn mit dir los? So habe ich dich ja noch nie erlebt.“
„Sei mir bitte nicht böse, aber ich kann nicht darüber reden.“ „Ist schon o.k. Wozu sind Freundinnen denn da“, sagte sie etwas zu mehrdeutig.

Wie sollte es nur mit mir weitergehen? Volker beschrieb in den herrlichsten Farben unseren Beischlaf, der ja eher ein tierisches Übereinanderherfallen gewesen war, und wie glücklich er sich schätze.

Ich fühlte mich entsetzlich. Wenn mein Mann mich berührte, versuchte ich so zärtlich wie nur möglich zu sein.
Um einem baldigen Wiedersehen mit Volker vorzubeugen, erfand ich am Telefon eine Grippe mit Fieber, Husten und Schnupfen. Ich erinnerte mich an die ersten Lektionen meiner Schauspielausbildung und klang so überzeugend, dass ich etwas Zeit gewann.

Aber was wollte ich? Meine Gedanken liefen nur im Kreis. Ich kam mir vor wie die Meerschweinchen von Bauer Lukas, unserem Nachbarn, in ihrem Käfig.
Ich funktionierte nur. Bei allem, was ich tat, waren meine Gedanken woanders. Nie zuvor zerbrach ich so viele Gläser, versalzte das Gemüse oder verbrannte mich am Herd, wie in dieser Zeit. Dann fasste ich einen Entschluss.

Unter dem Vorwand nach Hamburg zu einem Spezialisten zu müssen, zu dem mich meine Augenärztin überwiesen hätte, wegen des beginnenden Grauen Stars, beidseitig, fuhr ich los. Mein Mann war in Sorge. Zu gerne hätte er mich begleitet, aber ich hatte den Termin so gelegt, dass er unbedingt zu einer Telefonkonferenz im Haus sein musste.

Ich wollte Volker die Wahrheit sagen. Nur noch einmal so geliebt werden und ihm dann erklären, dass ich mich niemals von Dieter trennen würde.

Wir verbrachten einen wunderschönen Tag, von dem ich mir gewünscht hätte, dass er nie endet. Erst als ich schon zur Tür hinaus war, drehte ich mich um und sagte ihm, dass dies unser endgültig letztes Treffen gewesen sei.
Ich fühlte mich erbärmlich, kam mir vor wie eine Verräterin.

Ich weinte auf der gesamten Heimfahrt. Einige Male musste ich anhalten, weil ich durch den Tränenschleier nichts sehen konnte. Wurde ich denn nie erwachsen? Am liebsten hätte ich beide Männer behalten, einen für den Alltag und einen quasi ab und zu als „Sahnehäubchen". Ich wunderte mich, dass ich heil ankam.

Dieter erzählte ich etwas von fortgeschrittenem Grauen Star und dass ich eventuell bald operiert werden müsste.
Er nahm mich liebevoll in den Arm und tröstete mich, weil er wusste, wie groß meine Angst vor Operationen war.

Außer täglichen WhatsApp-Nachrichten: „Warum rufst Du nicht an? Ich vermisse Dich und ähnlichem" passierte nichts.
Dann plötzlich der Anruf: „Gisela. Ich bin in Schwierigkeiten. Ich brauche Dich." Volker klang sehr verzweifelt.
„Was ist denn passiert?"
„Ich hatte einen Autounfall und bin im Krankenhaus. Wurde am Knie operiert. Jetzt wollen die 8.000 € von mir, weil ich keine Krankenkasse habe. Kannst Du mir helfen? Bitteee!"
Ich war völlig verdutzt, wusste nichts zu antworten.
„Hast Du was zu schreiben. Ich gebe Dir mal meine

Kontonummer. Jeder kleine Betrag würde mir schon helfen."

Wie in Trance schrieb ich die Nummer auf und legte auf, weil in diesem Moment mein Mann ins Zimmer kam.

Was sollte ich tun? Natürlich wollte ich helfen, aber warum hatte er keine Krankenversicherung. War denn das nicht strafbar? Ich googelte. Schätzungsweise hätten etwa 330.000 Menschen in Deutschland keine Krankenkasse, vor allem Selbstständige nicht.

Ich überwies 5.000 € von meinem Geschäftskonto, nachdem ich meinem Sohn von der Notlage einer Freundin berichtet hatte.

Am nächsten Tag rief Volker an. „Ich danke Dir. Bitte entschuldige, aber ich wusste wirklich nicht weiter."

„Warum hast Du keine Krankenversicherung", wollte ich wissen.

„Als es mit meiner Druckerei bergab ging, habe ich alles an festen Verpflichtungen, von denen ich glaubte, sie nicht unbedingt haben zu müssen, gekündigt. Ich war doch nie krank. Und die Jahre bei Siebert & Melchior war ich nicht richtig fest angestellt, sondern habe auf Rechnung gearbeitet. Das war für beide Seiten einfacher."

„Wie geht es Dir?", fragte ich ehrlich besorgt.

„Einigermaßen. Morgen könnte ich schon in die Reha

nach Damp, aber das kann ich mir nicht leisten. Ich hatte gerade eine größere Steuernachzahlung, das hat meine Rücklagen aufgebraucht."
„Aber eine Reha wäre jetzt wichtig oder zumindest ein guter Physiotherapeut. Kennst Du keinen?"
„Doch, einer wohnt sogar bei mir um die Ecke."
„Dann gib mir seinen Namen und Telefonnummer. Ich kläre das mit ihm. Sorry, aber ich muss jetzt Schluss machen."

Wieder stand mein Mann unerwartet im Türrahmen und schaute etwas merkwürdig. „Hast Du neuerdings einen Lover, weil Du immer so abrupt auflegst, wenn ich reinkomme", fragte er lächelnd.
„Nein, wie kommst Du denn darauf. Das war Katrin. Wir waren gerade fertig", erwiderte ich schlagfertig.

Nachdem ich gesehen hatte, wie Dieter mit einer vollen Teekanne wieder in seinem Atelier verschwand, rief ich Volker erneut an.
„Wie gesagt, das mit dem Therapeuten kläre ich, aber was ist überhaupt mit Deinem Auto? Wer war Schuld an dem Unfall?"
„Ich", kam es nach einer Weile gepresst. „Und das ist das nächste Problem. Ich kann noch nicht sagen, was die Reparaturen kosten werden."
„Wie konnte es nur soweit kommen, Volker. Ich verstehe Dich nicht."

„Früher hat alle geschäftlichen Dinge meine Frau gemacht. Ich war nur der Kreative. Als sie dann krank wurde, habe ich alles schleifen gelassen. Irgendwie kam ich ja auch all die Jahre über die Runden, aber jetzt sitze ich wirklich in der Scheiße."

Ich fühlte mich schlecht. Dieter und mir ging es so viel besser. Wir hatten keinerlei Geldsorgen, hatten wir nie gehabt. Als wir uns kennenlernten, verdienten wir beide gut. Nie wäre ich auf den Gedanken gekommen, von einem Mann abhängig sein zu wollen. Mein Sohn war damals schon aus dem Gröbsten heraus, auch das hatte ich ganz allein geschafft. Wir lebten nie über unsere Verhältnisse, sorgten auch für unser Alter rechtzeitig vor. Volkers Situation war mir gänzlich unbekannt. Ich schwankte zwischen Mitleid und „wie-kann-man-nur"-Zorn. Mir taten die 5.000 € nicht weh und auch ein Dutzend oder mehr Heilmassagen konnte ich mir locker leisten, ohne das mein Mann jemals davon erfuhr. Aber irgendetwas in meinem innersten Bauchgefühl grummelte.

Wieder erreichten mich tägliche WhatsApp-Nachrichten mit Danke und Herzchen und vielem mehr. Ich kontaktierte den Physiotherapeuten und überwies ihm schon mal eine größere Summe.

Um mich abzulenken, traf ich mich oft mit Katrin. Mehrmals lag es mir auf der Zunge, ihr alles von Volker zu erzählen, aber sie war immer noch so intensiv mit ihren Dates beschäftigt, dass sie gar nicht auf die Idee kam, mich zu fragen, wie es mir denn ginge oder ähnliches. Nein, jedes Mal brachte sie neue Fotos mit und erzählte ausführlich, was sie erlebt hatte und fragte auch immer, was ich davon hielte.

Manchmal war ich so überfordert, dass ich gerne geantwortet hätte, sie möge doch ihre Tochter fragen, was sie tun oder nicht tun sollte. Aber alles in allem war sie mit der „Ausbeute" nach fast einem halben Jahr Mitgliedschaft auf dem Dating-Portal nicht wirklich zufrieden. Obwohl die Profile ja viele Übereinstimmungen aufwiesen, waren die darauf folgenden Gespräche oder Treffs längst nicht so berauschend, wie sie sich das vorgestellt hatte.

„Stell dir vor, jetzt kommt auch kaum noch wer Neues hinzu", sagte sie eines Tages sichtlich aufgebracht. „Es dreht sich im Kreis. Ich habe schon alle abgehandelt. Irgendwie habe ich das Gefühl, dass es insgesamt nur wenige Männer gibt, die altersmäßig zu mir passen. Die wollen alle in erster Linie eine Jüngere, die sie später – wenn nötig – wie eine Krankenschwester versorgt. Die wenigsten trauen sich eine Partnerschaft auf Augenhöhe zu. Das ist doch krass. Ich bin so ent-

täuscht. Die wirklich netten Männer sind mindestens 10 Jahre älter als ich. Die will ich nicht."
Sie verschlang regelrecht den vierten Apfelpfannkuchen. Wut machte sie offensichtlich hungrig.
„Was meinst du, Gisela, soll ich mich einfach mal ein paar Jahre jünger machen?", fragte sie mit halbvollem Mund.
„Mmmh, ich hab keine Ahnung, wie das ankommen würde. Bekommst du denn einen Teilbetrag deines Abos zurück, wenn es keine neuen Bewerber mehr gibt?"
„Nein, das macht mich ja so wütend. Ich finde, man hätte vor Abschluss darauf hinweisen müssen, dass die Ausbeute in meinem Alter nicht mehr groß ist."
Pfannkuchen Nummer fünf verschwand in Katrins Mund. Ich war schon immer ein wenig neidisch auf sie, da sie essen konnte, was sie wollte, aber nie zunahm.

Ich konnte und wollte ihr da nicht weiterhelfen. Viel zu sehr war ich in meinen eigenen Gedanken verstrickt, als dass ich ihr eine gute Gesprächspartnerin sein konnte. Außerdem stellte ich auch fest, dass ich in ein altes Verhaltensmuster verfiel, nämlich für das, was mich betraf einen „Schuldigen" zu finden. Und da kam ich schlussendlich auf Katrin. Wäre sie nicht so Mannstoll gewesen, hätte ich nie den Versuch mit der Annonce gemacht, hätte ich nie Volker kennengelernt. Ich merkte, wie sehr meine Schlussfolgerung hinkte, aber Fakt war doch: „Ohne Katrin, kein Volker!“

Aus schlechtem Gewissen überhäufte ich sie mit Einladungen zum Kaffee oder zum Essen. Sie kochte nicht gerne. Meist lebte sie von belegten Broten, was ich ungesund fand. Vor Kurzem hatte sie nun entdeckt, dass ein Lebensmittelgeschäft im Ort, Mittagessen zum Abholen anbot. Sie zeigte mir das Monatsprogramm. Es klang gar nicht schlecht.
„Und es schmeckt auch wirklich wie selbstgekocht“, erzählte sie voller Überzeugung.

Seitdem Dieter und ich auf dem Land lebten, und ich mich in meinen Garten und die Hochbeete verliebt hatte, war meine Freude am Kochen und Backen mächtig gestiegen. Selten gingen wir essen. Wir fanden es zu Hause einfach gemütlicher. Wir hatten so viele Jahre mit Kunden essen gehen müssen, dass wir es jetzt genossen, das nicht mehr zu tun. Dieter meinte zwar häufig: “Ist das nicht zu viel Arbeit, Liebes? Soll ich Dich nicht mal ins Restaurant einladen?“
„Aber nein, ich sag schon, wenn es mich nervt.“

In solchen Momenten fiel mir immer wieder auf, wie liebevoll wir in der letzten Zeit miteinander umgingen. Früher gab es schon mal häufiger Unstimmigkeiten, meistens weil keiner von uns beiden nachgeben wollte, wenn es um gemeinsame Termine ging. Uns waren unsere beruflichen Verpflichtungen zu wichtig gewesen, und wir gaben ihnen oft den Vorrang vor unserer Zweisamkeit.

Da wir beide nicht so die „Weihnachtsfeierer“ mit Christbaum und Lametta sind, gönnten wir uns drei Tage im schönen Lübeck mit Museen, Marzipan und Glühwein auf dem Weihnachtsmarkt. Zum ersten Mal nach langer Zeit fühlte ich mich entspannt und konnte auch unseren Sex ehrlich genießen. Bis dahin hatte ich Dieter immer einen Orgasmus vorgespielt. Ich glaubte, Volker endlich vergessen zu haben.
Aber auf dem Heimweg erreichte mich die WhatsApp: „Ich kann ohne dich nicht leben. Hilf mir. Volker.“

Sobald ich alleine war, rief ich an. „Was soll das? Geht es deinem Bein schlimmer? Was hast du?“
„Mein Körper ist soweit heile, aber meine Seele ist krank. Ich vermisse dich so. Kannst du nicht noch einmal kommen?“

„Das würde doch nichts ändern, Volker. Du weißt, ich habe mich entschieden. Ich bleibe bei meinem Mann. Es tut mir leid, dass ich dir falsche Hoffnungen gemacht habe. Aber wir sind doch keine 20 mehr.“
„Ich dachte ja auch, dass ich dich vergessen kann, und ich bedanke mich auch noch mal sehr für Deine fi-

nanzielle Hilfe. Ich kann dir jetzt das Geld zurückgeben. Bitte lass uns doch noch mal sehen und über alles reden. Bitte."

„Ich möchte das Geld nicht zurück haben. Das habe ich gern getan. Bitte melde dich nicht mehr. Alles Liebe. Tschüss, ich lege jetzt auf."

Wir waren wieder zu Hause angekommen und ich schaute gerade mit meinem Mann Nachrichten, da kam die nächste WhatsApp: „Bitte Gisela. Ich muss dich sehen, sonst erzähle ich alles deinem Mann."

Ich muss kreidebleich geworden sein, denn Dieter fragte besorgt: „Liebes, was ist mit dir? Geht es dir nicht gut? Du zitterst ja."

„Nein, alles o.k. Aber Angelika ist gestorben. Ist das nicht schrecklich?"

„Welche Angelika?"

„Die ich letzten Herbst noch in Neumünster besucht habe. Erinnerst du dich nicht?"

„Das tut mir leid. Musst du auf die Beerdigung?"

„Ich weiß noch gar nicht, wann die ist", antwortete ich und ging rasch aus dem Zimmer.

Ich kannte keine Angelika und wunderte mich über mich selbst, dass ich so schlagfertig gewesen war.

Ich versuchte Volker zu erreichen. Aber er ging nicht ans Telefon. Das ging ein paar Tage so. Dann endlich meldete er sich.
„Benimm dich doch bitte nicht so kindisch", legte ich gleich los. „Was soll das? Wenn du mich ein bisschen gern hast, dann lass das bitte."
„Ich sehe ein, dass es dumm war. Aber ich möchte dir wirklich gern das Geld zurückgeben. Komm und lass uns noch einmal in Ruhe reden, ob wir nicht irgendwie Freunde bleiben können. Ich bin jetzt aufs Fahrradfahren umgestiegen. Hab mein Auto verkauft, ohne es reparieren zu lassen. Ist ja auch viel gesünder."
Ich überlegte. Diese Pause nutzte Volker um nachzulegen: „Bitte Gisela, gib deinem Herzen einen Ruck."
„O.k. Ich komme am Donnerstagmittag. Aber maximal für eine Stunde. Bis dann."

Ganz in Dunkel gekleidet, mit einem kleinen Blumengesteck und der Ausrede, auf die Beerdigung von Angelika zu müssen, fuhr ich los.

„Mist!!" Hinter Albersdorf hatte es einen Unfall gegeben, und ich hing im Stau fest. Es ging und ging nicht weiter. Erst nach einer gefühlten Ewigkeit bahnte sich endlich der Rettungswagen einen Weg durch viele dusselige Autofahrer, die kreuz und quer standen.
Ich rief Volker an und sagte ihm, dass ich mich verspäten würde. Das bedeutete aber auch, dass mir bei ihm viel weniger Zeit bleiben würde. Eine Beerdigung dauert ja nicht ewig und Volker wohnte ja noch gut 20 Minuten hinter Neumünster.
„Soll ich umkehren", schoss es mir durch den Kopf.
Je länger ich stand, desto unentschlossener wurde ich.
Endlich ging es weiter. Den Rest der Strecke drückte ich mächtig aufs Gas und „bling" zuckte kurz das Licht einer Radarfalle auf.
„Scheiße, scheiße, scheiße, auch das noch", brüllte ich das Lenkrad an.

Mit entsprechend schlechter Laune traf ich bei Volker ein.
„Endlich", empfing er mich, und ich glaubte, unter seiner Umarmung zu ersticken. „Komm, ich habe lecker gekocht". Er schob mich Richtung Küche.
„Nein, Volker, sorry, aber mir ist der Appetit vergan-

gen. Erst dieser Stau und dann wurde ich geblitzt, weil ich gerast bin. Ich kann gar nicht lange bleiben. Ich muss gleich wieder zurück."
„Das kommt gar nicht in Frage. Ich habe mir so viel Mühe gegeben."

Dann ging alles ganz schnell, und ich war so verblüfft, dass ich gar nicht reagieren konnte. Volker war todernst geworden.
Im gleichen Moment zog er mir Jacke und Pulli aus und schob mich ins Schlafzimmer. Jetzt fing ich an mich zu wehren, aber ich hatte nicht mit seiner Grobheit gerechnet. Er schlug mir ins Gesicht, drehte mich um und warf mich aufs Bett. Völlig benommen fixierte er meine Hände, zog mir Hose und Unterhose herunter und verpasste mir einige Schläge mit einem Gürtel auf meinen Allerwertesten. Ich bekam Angst.
Ich schaffte es irgendwie, meine Hände zu befreien und ihn wegzutreten. Plötzlich entwickelte ich ungeahnte Kräfte.
Ich raffte meine Sachen zusammen und rannte halbnackt aus dem Haus, startete zitternd das Auto und raste davon.

Einige Straßen weiter hielt ich auf einem großen leeren Parkplatz. Ich zitterte immer noch. Mühsam versuchte ich, mich im Auto anzuziehen. Dann kamen die Tränen.

Zum zweiten Mal fuhr ich die Strecke nach Hause, kaum etwas durch den Tränenschleier sehend. Kurz vor unserem Dorf hielt ich noch mal an und versuchte mich zu fassen, meinen Anzug notdürftig zu glätten und mein Gesicht zu schminken. Das Veilchen blühte aber trotz mehrerer Lagen Make up schon auf. Erst noch in dunklem Rot, aber man konnte ahnen, dass es in ein paar Tagen dunkel Lila werden würde. Wie sollte ich Dieter gegenüber treten.

Ich war so wütend auf mich, wie noch nie im Leben. Wie konnte mir nur so etwas passieren. Ich schämte mich so maßlos. Wie eine Idiotin hatte ich mich benommen. Mein Handy klingelte. Es war mein Sohn:
„Hallo? Du hast zum ersten Mal unser Meeting vergessen", kam es leicht vorwurfsvoll. „Wir haben den Zuschlag für die große Deutschlandtour bekommen. Ich dachte, das würde dich interessieren."
„Wie wunderbar", antwortete ich gequält. Entschuldige, ich hatte tatsächlich nicht mehr daran gedacht, dass sich das heute entscheiden sollte. Ich freue mich sehr." Aber da brach mir die Stimme ab. Sofort fragte er sorgenvoll: „Was ist passiert, Mom. Ich hatte schon mit Dieter telefoniert, und er sagte mir, du wärst auf einer Beerdigung. Hat dich das so mitgenommen?"
„Ja, mein Schatz. Es war trauriger als gedacht. Ich ruf dich morgen an. O.k.?"
„Alles klar und fahr bitte vorsichtig."

„Hallo Liebes. Ich habe mich schon gesorgt. Du kommst spät.“ Dieter nahm mich flüchtig in den Arm, ohne mich näher anzusehen.
„Stell Dir vor, ich kam bei der Hinfahrt in einen schlimmen Stau. Die Trauerfeier in der Kapelle war schon vorbei. Ich sah die Leute auf dem Friedhof und wollte ganz schnell hin laufen. Da bin ich auf dem feuchten Gras ausgerutscht und hingefallen. Ich hab mir ziemlich weh getan. Hatte aber noch Glück im Unglück.“
Jetzt schaute er mich genauer an. „Das ist ja furchtbar. Hast du Schmerzen. Soll ich Dr. Kindermann anrufen?“
„Nein, es geht schon. Hab nur arges Kopfweh. Ich lege mich mit einem Eisbeutel auf dem Kopf ins Bett. Es wäre lieb, wenn du mir einen Tee kochen würdest.“

Stunden später lag ich immer noch wach. Je besorgter und liebevoller Dieter zu mir war, desto mehr musste ich aufpassen, nicht los zu heulen und ihm alles zu erzählen.
Immer und immer wieder versuchte ich den Nachmittag zu rekonstruieren. Wieso war ich so blauäugig gewesen. Wieso hatte ich nicht auf mein Bauchgefühl bei der ersten Begegnung gehört, als mir Irgendetwas um seinen Mund nicht gefallen hatte.
Mir fiel außerdem ein, dass ich den Postlagernd-Auftrag schon vor Wochen gekündigt hatte. Hoffentlich

konnte ich unsere Postbotin – wie gewöhnlich – abfangen, wenn das Knöllchen kam. Hoffentlich war es kein Fahrverbot. Hoffentlich war das das letzte Andenken an Volker. Je länger ich nachdachte, desto mehr „Hoffentlich" reihten sich aneinander.

Ich verbrachte auch den nächsten Tag im Bett und litt still vor mich hin. „Was hatte ich mir nur dabei gedacht? So doof konnte man doch in meinem Alter nicht mehr sein", ging es mir wie eine Endlosschleife durch den Kopf. Wie oft hatte ich mich über Beiträge in unserer Landeszeitung lustig gemacht, wenn mal wieder von einer älteren Frau die Rede war, die auf den „Enkeltrick" reingefallen war. Ich war doch noch viel dümmer.

Mein Sohn rief an und schaffte es – wie immer – mich aus meinen düsteren Gedanken zu befreien. Ich verriet ihm natürlich nicht den wahren Grund für meine Traurigkeit, aber sein Geschick alle Dinge aus unterschiedlichen Perspektiven zu beleuchten, halfen.

Zumindest war ich jetzt so gestärkt, dass ich mir sagte: „Verdammt, es hätte übler ausgehen können."

Dieter konnte sich glücklicherweise nicht so intensiv um mich kümmern, wie er gerne gewollt hätte. Das war mir aber nur Recht. Nach Jahren und zähen Verhandlungen hatte er endlich den Auftrag für den ausgeschriebenen Waldorf-Kindergarten erhalten. Das

Gremium hatte sogar zugestimmt, die marode Schule zu renovieren und den Schulhof so zu gestalten, dass sich das gesamte Gelände harmonisch verband.
Jetzt musste er sich sputen, weil die Arbeiten am Schulgebäude in den großen Ferien erledigt sein mussten und dafür galt es viel zu organisieren und zu zeichnen.

Eigentlich hätten ihn diese Arbeiten sehr zufrieden machen müssen, aber stattdessen wurde er immer ruhiger und in sich gekehrter. Er sprach kaum noch mit mir. Zunächst war mir das gar nicht aufgefallen, weil ich ja so sehr mit mir selbst beschäftigt war. Aber irgendwann hielt ich es nicht mehr aus.
„Was hast du, Lieber? Du bist so still? Läuft es nicht gut mit den Ausschreibungen?"
Er wich mir aus. Reagierte fast aggressiv. So kannte ich ihn nicht. Ich versuchte es mit Zärtlichkeit, aber er stieß mich von sich.
„Bitte lass mich. Ich kann nicht darüber reden."

Nach einigen Wochen kam die sonst immer fröhlich gelaunte Postbotin mit Sorgenfalten auf der Stirn und hielt einen Brief in der Hand. Ich hatte schon geglaubt, es käme nichts mehr, erkannte aber sofort an dem grauen Umschlag, dass es eine amtliche Mitteilung war.
Die Postbotin hatte sofort kapiert, dass heute kein guter Zeitpunkt für einen Schnack und Kaffee und Kuchen sei und trollte sich gleich.
Zum Glück belief sich das Bußgeld nur über 70 € und einen Punkt in Flensburg.
Ich zahlte natürlich umgehend und war heilfroh, dass es kein Fahrverbot beinhaltete. Aber natürlich kam meine oberflächlich verdrängte Wut – vor allem auf mich selbst – wieder hoch. Unwillkürlich musste ich zynisch lachen, denn mir kam eine Unterhaltung mit Katrin, kurz vor meiner Fahrt, in den Sinn.

Katrin beteiligte sich in letzter Zeit rege an der *me too*-Bewegung. Nicht, dass sie selbst einmal Opfer gewesen wäre, aber sie hatte im Sommer intensive Gespräche mit jungen Frauen aus ihrem Malkurs geführt, die alle über sexuelle Übergriffe von Männern berichtet hatten.

„Dagegen muss man was tun, Gisela“. Mit diesen Worten versuchte sie auch mich von der Kampagne zu überzeugen.

Aber ich hatte großkotzig erwidert: „Was diesen Frauen passiert ist, hat bestimmt Einfluss auf ihr gesamtes Leben. Das sind bestimmt schreckliche Erlebnisse, und ich gebe dir Recht, Männer, die so etwas tun, sollten nicht ungestraft davon kommen. Aber ich finde viele der Anschuldigungen, vor allem solche, die jetzt erst nach 20 oder mehr Jahren auf den Tisch kommen, gerade von Schauspielerinnen, nicht glaubhaft. Weißt du, wie viele Kolleginnen ich kenne, die alles taten, nur um eine Rolle zu bekommen? Mir tun da eher die Männer leid, die nun, nur weil diese „Starlets" keinen Erfolg hatten, an den Pranger gestellt werden."

Ja, das hatte ich gesagt, und war dann ein paar Tage später selbst Opfer geworden. Das schlimmste daran war, dass ich noch nicht einmal mit jemandem darüber reden konnte.
Aber war genau das nicht auch das Schrecklichste, dass so vielen Missbrauchsopfern angetan wurde? Viele, die als Kind das erleiden mussten, sagten Jahrzehnte später aus, dass sie sich lange Zeit selbst die Schuld gegeben hätten. Deshalb erst die späte Anzeige.
Und jetzt wurde mir auch schmählich bewusst, warum viele Frauen nicht gleich die Männer anzeigten. Es war die Scham oder sogar der Verdacht, sie selbst seien daran Schuld gewesen. Was für ein törichter Teufelskreis.

Einmal mehr bewunderte ich Katrin, wie sehr sie sich bei vielen Dingen einmischte. *Me too* war gewiss ganz richtig und sinnvoll, aber ich wollte mich ab jetzt noch mehr um Kinder kümmern, die von der Familie oder der Kirche um ihre unbeschwerte Kindheit gebracht wurden. Das erschien mir dann doch noch als das viel größere und vielfach totgeschwiegene Problem.

Ich überlegte immer wieder, ob ich nicht zur Polizei gehen sollte. Aber dann käme ja alles auf den Tisch. Meine Angst vor der Bloßstellung war zu groß.

Wochen vergingen, und ich gestand mir immer noch nicht ein, wie sehr Dieter und ich uns entfremdeten. Ich sah ihn nur morgens kurz beim Frühstück und dann verschwand er in seinem Atelier oder war auf der Baustelle. Auch besonders liebevoll zubereitete Speisen am Abend, die wir jetzt meist während der Tagesschau einnahmen, wurden nicht mehr mit Huldigungen für meine Kochkunst belohnt. Danach verschwand Dieter in seinem Zimmer und ging bald darauf früh zu Bett. Wenn ich mich Stunden später zu ihm legte, hatte ich Mühe, neben den Schnarchtiraden einzuschlafen.

„Ich habe unsere letzten schönen Jahre, die wir hätten haben können, vermasselt", ging es mir immer und immer wieder durch den Kopf. Warum nur hatte ich „dieses Spiel" angefangen? Was wollte ich bezwecken? War ich vielleicht tatsächlich unglücklich in unserer – Dieters und meiner – Beziehung? Ich hatte mir nie diese Frage gestellt.
Immer wieder gingen mir Katrins Worte durch den Kopf: „Eigentlich war ich nie richtig verliebt. Ich habe in beiden Ehen nur funktioniert, habe zugunsten der Kinder und Männer meine Wünsche und Bedürfnisse hintangestellt."

Und was hatte ich getan? Aufgrund meiner Erziehung immer nur Ehrgeiz entwickelt. Nie durfte ich mich

schmutzig machen als Kind. Wie gerne hätte ich mal mit Schmackes in eine Pfütze getappt.
Nie durfte ich eine schlechte Note nach Hause bringen, geschweige denn auf eine Party gehen. War ich jemals ausgelassen tanzen, hatte ich je Hasch geraucht? Nichts dergleichen.
Aber dann hatte mich der Regisseur entdeckt, bei der Schüleraufführung von Schneewittchen, die wir zur Einschulung der Erstklässler gaben. Er überredete meine Eltern, dass ich die Traumbesetzung in seinem Film wäre und sie erlaubten es zu meiner Überraschung. Ich muss zugeben, ich hatte sie aber auch mächtig unter Druck gesetzt, die schlimmsten Dinge erfunden, die ich täte, würden sie mich nicht gewähren liessen.

Danach war es um mich geschehen. Ich schmiss die Schule und ging auf die Schauspielschule. Nebenbei drehte ich einen Film nach dem anderen. Ich verdiente so viel Geld, dass ich mir eine eigene Wohnung und bald auch ein eigenes Auto leisten konnte. Mein Gesicht passte eine Zeitlang in die Zeit. Ich wusste, dass das nicht ewig so weiter gehen würde. Ich sorgte vor.
Aber dann wurde ich schwanger. Ich wollte das Kind behalten, obwohl ich wusste, dass der Vater nicht damit einverstanden war und mich nicht unterstützen würde. Ich gründete die Agentur und zog meinen Sohn alleine groß.

Auf einer Vernissage begegnete ich Dieter. Ich hatte schon viel von ihm gelesen und war von seinen Bauten fasziniert. Nie zuvor hatte ich mir über Umwelt oder Ressourcen Gedanken gemacht. Dieter konnte das alles so gut erklären. Wie viel Raubbau wir betrieben, wie unnatürlich unsere Städte zum Leben sind, wie viel wertvolle Bodenfläche durch die Bebauung verloren gehen und dass man mindestens die gleiche Fläche wieder begrünen müsste. Seine Häuser bestanden immer aus landschaftlich nahe gelegenen Materialien und fügten sich perfekt in die Natur ein.

Ja, wir waren viele Jahre von unserer Arbeit besessen, respektierten uns aber und hatten ein wunderbares gemeinsames Hobby. Wann immer es möglich war, reisten wir in ferne Länder. Nicht als Pauschal-Touristen, sondern um Land und Leute in ihrer natürlichen Umgebung besser kennen zu lernen.
Dabei wurde uns auch bewusst, mit wie wenig man auskommen kann und dass man all die Luxusgegenstände, die wir im Laufe der Jahre angesammelt hatten, im Grunde gar nicht brauchten.

Da meine Eventagentur für immer größere Stars verhandelte, wurden die Veranstaltungen immer umfangreicher, aufgeblasener. Und der Erfolg gaukelte mir vor, dass ich gebraucht, geliebt würde.
Das trieb mich an. Bis zu dem Tag, als der Unfall

passierte, und ich von eben auf jetzt „ruhig gestellt“ wurde. Aber irgendwie hatte ich schon Monate vorher gespürt, dass mir das alles zu viel wurde. Deshalb stimmte ich leichtherzig Dieters Idee zu, der Stadt den Rücken zu kehren und aufs Land zu ziehen.

Von außen sah unser Resthof, so nennt man hier oben außerhalb eines Dorfes Bauernhäuser mit angegliederten Stallungen, wie ein überdimensionaler Stall aus. Aber innen hatte Dieter ein HighTech-Haus gebaut, mit natürlichen Baustoffen dick gedämmt, mit Solarkollektoren und Wärmerückgewinnung, mit Kamin, viel Holz, Whirlpool und Sauna, ausgeklügeltem Elektrosystem, auch von unterwegs zu bedienen und großem Regenauffangbecken, dass nicht nur für den Garten und die Hochbeete, sondern auch für die Toilettenspülung und die Waschmaschine benutzt wurde. Und in allen Räumen so viel Grün, dass man glaubte, in der Natur zu sein. Von jeder Pflanze wusste er, wie viel CO_2 sie speichern kann.

Dieter hatte wirklich an alles gedacht. Unser Haus hatte allen erdenklichen Komfort und strömte Wohlfühlatmosphäre aus, war aber ohne jeglichen Schnick-Schnack. Den hatten wir in der Stadt gelassen. Klare Linien, keine Teppiche, die Stolperfallen sein könnten, keine Fensterbänke, auf denen man Nippes stellen könnte, der ja auch ab und zu abgestaubt werden müsste.

Keine Tischchen und Schränkchen, die nur edel, aber keinen echten Nutzen hatten. Dafür ein paar Einbauschränke, vom Boden bis unter die Decke.
Dazu unsere Lieblingsbilder und -bücher und nicht zu vergessen, die bequemen Sessel, Couch und Stühle, aus denen man auch im hohen Alter ohne Hilfe aufstehen kann. Und überall so viel Abstand, dass man sogar mit Rollator oder Rollstuhl hindurch käme.

Ich freute mich für ihn, dass jetzt endlich die Waldorfschule saniert und die Kita gebaut werden sollten. Auch der Schulhof sollte nach seinen Plänen umgestaltet werden. Statt mit Pflaster würde er dick mit Rindenmulch belegt und mit Kräuterspiralen und kleinen Salatbeeten ausgestattet. Mittendrin zwei Apfelbäume. Und die Überdachungen der Auto- und Fahrradparkplätze sollten allesamt mit Solarpaneelen bestückt werden.

Die Kita würde das absolute Highlight werden. Die endgültige Idee dazu kam ihm bei einer unserer Reisen nach Oslo. Da war gerade das neue Opernhaus eingeweiht worden. Der Clou: das begehbare Dach. Das übertrug er nun auf die Tagesstätte. Ein lichtdurchfluteter Raum sollte es werden, der außer den Sanitäranlagen und der Küche variable Schiebewände bekäme und ähnlich einer Kräuterspirale würde sich das Dach in einer leicht ansteigenden Schleife nach

oben winden. Es gab mehrere waagerechte Ebenen, die zu Outdoorspielen einladen könnten.
Dieters Motto: wenn Kinder in einer fantasievollen Umgebung leben und spielend lernen, macht das aus ihnen kreative, intelligente Menschen.

Nein, ich war nicht zur Polizei gegangen. Ich traute mich einfach nicht. Aber mir war eines Nachts eingefallen, dass einer unserer Künstler vor Jahren derartig gestalkt wurde, dass er einen Privatdetektiv beauftragte und dessen Name war mir wieder eingefallen.

„Möller", meldete er sich und erinnerte sich auch gleich an die Sache von damals, als ich ihm erzählte, wer ich sei und dass ich privat seine Hilfe benötigte. Wir verabredeten uns für den nächsten Tag in einem Café im Nachbarort.

Nachdem ich ihm zunächst zögerlich, doch dann ohne Umschweife meine komplette Geschichte erzählt hatte, schaute ich ihn erwartungsvoll an.
„Aber warum sind sie nicht zur Polizei gegangen, Frau Telling? Ich befürchte, dass dieser Mann nicht nur sie hereingelegt, sondern seine Masche schon öfter abgezogen hat."
„Verstehen sie doch, Herr Möller. Mein Mann und ich wollten in diesem beschaulichen Dorf unseren Lebensabend verbringen, ohne Stress, ohne unser ehemaliges städtisches Umfeld. Ich habe mich fast völlig zurückgezogen, bearbeite unseren Garten und habe nur durch unseren Kirchenchor und den Landfrauenverein ein paar Kontakte. Aber mein Mann hat jetzt den Auftrag für den Waldorf-Kindergarten und die Sanierung der Schule erhalten und dadurch sehr

viel Aufmerksamkeit. Er ist ständig in der Zeitung. Es würde mir das Herz brechen, wenn meine hässliche Geschichte, seine Reputation beschädigen würde."

„Gut, Frau Telling. Dann weiß ich Bescheid. Ich werde so vorsichtig als irgend möglich ermitteln."

Nachdem wir noch die Einzelheiten der Bezahlung besprochen hatten, trennten wir uns. Ich fühlte mich ein kleines bisschen besser, weil ich das Gefühl hatte, wenigstens endlich etwas unternommen zu haben.

Nach einer knappen Woche, die erste WhatsApp von Herrn Möller. „Erbitte Rückruf."

Ich konnte kaum abwarten bis Dieter zur Baustelle fuhr und ich ungestört telefonieren konnte. „Telling. Herr Möller, was können sie berichten?"
„Wie vermutet, sind sie nicht die Einzige, die Herrn Thomsen auf den Leim gegangen ist. Er benutzt mehrere Namen, hat mehrere Adressen. Das Haus, in dem sie sich mit ihm getroffen haben, hat er tatsächlich vor einiger Zeit von einer Großtante geerbt. Verheiratet war er nie. Er hatte diverse Arbeiten, ihm wurde aber überall wegen Unregelmäßigkeiten gekündigt. Als Jugendlicher saß er bereits wegen Kaufhausraub eine Jugendstrafe ab. Es wird also höchste Zeit, ihm das Handwerk zu legen."

Ich musste erst einmal schlucken. Wie konnte ein Mensch eine so gespaltene Persönlichkeit haben. Auf der einen Seite liebenswürdig und charmant und im Grunde bösartig.
„Sind Sie noch am Apparat, Frau Telling?"
„Ja, ja, Herr Möller. Ich musste das erst mal sacken lassen."
„Das versteh ich. Dann mache ich mich mal weiter an die Arbeit. Schönen Tag noch, Frau Telling."
„Danke. Ebenso Herr Möller."

Ich setzte mich in den karierten Ohrensessel und überlegte, ob ich mir mitten am Tag mal einen Schnaps gönnen sollte.
Das Telefon klingelte und riss mich aus meiner Überlegung. Es war Katrin, die gleich mal auf einen Sprung vorbei kommen wollte.

„Ich möchte mich bei dir entschuldigen, Gisela. Hab nachgedacht. Du hast völlig Recht, Kindesmissbrauch ist noch viel schlimmer, als die ganze *me too*-Bewegung. Ich hab das zu einseitig gesehen."
„Du musst dich wirklich nicht entschuldigen, Katrin", sagte ich während ich Weißen Tee mit heißem Wasser übergoss. Du meinst es doch grundsätzlich nur gut. Ich finde es toll, dass du immer wieder neue Themen anschneidest und dich einbringst. Hätte ich dich nicht, hätte ich ganz viel hier im Dorf noch lange nicht mitbekommen. Apropos, kommst du heute Abend zur Chorprobe?"
„Nee, kann leider nicht. Ich treffe mich um 18 Uhr mit der Besitzerin von dem neuen Bistro am Marktplatz. Sie hat mir angeboten, dass ich nächstes Jahr zur Ferienzeit, ihre Wände mit Gemälden meiner Malschüler bestücken darf. Außerdem wollen wir besprechen, wie eine Vernissage aussehen könnte."
„Das klingt doch wunderbar. Ist ein schöner Anreiz für deine Schüler."

Ich freute mich ehrlich für Katrin. Erst, als sie bereits zur Tür hinaus war, fiel mir ein, dass wir ewig nicht mehr über ihre Dates gesprochen hatten.

Ich machte mich gerade für die Chorprobe fertig, da klingelte es erneut an der Haustür. „Hat Katrin etwas vergessen?“, überlegte ich und öffnete, noch während ich meine Jacke anzog.
So eine Schönheit hatte ich noch nie gesehen. Endlose Beine, eine schlanke Taille, lange dunkle Haare und ein ebenmäßiges Gesicht mit zwei Grübchen, die freundlich lächelten. Ihr Teint: helle Milchschokolade.

„Entschuldigen sie vielmals die Störung. Auf der Baustelle sagte man mir, ich würde Herrn Wenninger hier antreffen“, sagte sie in fast akzentfreiem Deutsch.
„Mein Mann ist nicht zu Hause. Kann ich etwas ausrichten?“
(Wir hatten beide nach der Hochzeit unsere Geburtsnamen beibehalten).
„Ich bin Architekturstudentin und auf der Suche nach einem Praktikumsplatz. Ihr Mann wurde mir empfohlen. Vielleicht ist er so lieb und ruft mich an.“
Während sie das sagte, reichte sie mir ihre Visitenkarte.
„Ich richte das gerne aus“, sagte ich im Hinausgehen.

Erst als ich von der Chorprobe kam, fiel mir wieder die Visitenkarte ein. Mein Mann saß mürrisch vor dem Fernseher. Das Essen, das ich ihm in die Mikrowelle gestellt hatte, war unberührt.
„Was hast du, Lieber?“
„Ach, heute ist auf der Baustelle alles schief gelaufen.

Sie haben das falsche Material geschickt. Jetzt hängen wir hinter unserem Plan und die Gemeindeverwaltung macht mir ordentlich Druck."
„Bevor ich vorhin zur Probe fuhr klingelte eine Schönheit. Eine Architekturstudentin. Sie sucht einen Praktikumsplatz. Hier ist ihre Karte. Vielleicht wäre das eine Hilfe für dich. Ruf sie doch morgen mal an."

Dieter schaute kurz auf die Karte und wurde dann blass.
„Hat sie sonst noch was gesagt?", fragte er mich nach einer gefühlten langen Pause.
„Nein. Kennst du sie?"
„Nein", antwortete Dieter völlig geistesabwesend.
Irgendetwas hielt mich ab, ihn weiter zu bedrängen. Ich hoffte, er würde mir schon sagen, wer sie ist und was sie von ihm wollte.

Am nächsten Tag ging ich mit einer Nachbarin zu einer Veranstaltung der Landfrauen. Dabei wurde auch auf meinen Vorschlag eingegangen, sich gegenseitig noch stärker zu helfen. Zum Beispiel mit Fahrdiensten. Unser allgemeiner Busfahrplan in die umliegenden Dörfer ist sehr ausgedünnt. Spontan meldeten sich mehrere Frauen, die anboten, Frauen ohne Auto oder Führerschein, anstatt mit dem Bus, privat zu chauffieren. Sie alle wollten direkt zu Hause nachsehen, ob sie auch eine Insassenunfall-Versicherung hätten, denn diese sei unbedingt nötig, erklärte unsere Vorsitzende.

In der Stadt hatte ich zwar schon früher einmal gehört, dass es den Landfrauenverein gibt, hätte mir aber nie vorstellen können, selber einmal dazu zu gehören.
Ich schaute mich im Saal des Hotels, wo wir heute tagten, um. Zwar überwiegten die älteren Jahrgänge, aber viele schätzte ich auch zwischen 40 und 60. Auf mich wirkten sie alle sehr engagiert, keineswegs wie lebensfremde Bäuerinnen. Das hatte mir von Anfang an so gefallen. Sie waren nicht so geschwätzig wie die Städterinnen, sie packten an.
Nie hatte ich vergessen, wie viele meiner angeblichen Freundinnen, bei der Eröffnungsfeier meiner Agentur leicht abfällig oder neidisch sagten: „Ach, die Idee hatte ich auch schon lange!"
Darauf hatte ich stets geantwortet: „Und, warum machst du es nicht?" Die Antwort blieben sie mir alle schuldig.

Als ich mich jetzt im Saal umschaute, musste ich unwillkürlich daran denken, dass Dithmarschen die erste Bauernrepublik in Deutschland gewesen war und die Frauen als erste gleichberechtigt. Sie hatten das Sagen auf dem Hof, wenn die Männer monatelang auf Walfang waren.
„Und keine von ihnen war wohl jemals so dumm wie

ich, einem Betrüger in die Hände zu fallen", ging es mir durch den Kopf.

Auch die nächsten Tage waren so ausgefüllt, dass ich die „Schönheit" völlig vergessen hatte, bis auf den Tag, als Dieter plötzlich mit ihr im Zimmer stand.

„Ich muss dir etwas sagen", begann Dieter in seiner ruhigen Art. „Das ist Julia Obuntu, meine Tochter."
Wie in Trance ging ich auf Julia zu und gab ihr die Hand.
„Wie schön", kam es leise aus mir heraus, „aber ich verstehe nicht."

„Ich habe es auch nicht gewusst", setzte jetzt Dieter wieder langsam an. „Du erinnerst dich bestimmt an den Bau der Ferienanlage in Namibia vor etwa 25 Jahren. Julias Mutter übernahm dort die Leitung. Eine beeindruckende Frau. Ich war in sie verliebt. Julia ist das Ergebnis. Ich wusste nichts von dieser Schwangerschaft, bis Julia hier auftauchte. Ihre Mutter ist tot, Krebs. Aber sie hat ihr viel von mir erzählt und Julia hat viel von mir gelesen, meine Bauten verfolgt. Sie hat Abitur in London gemacht, und studiert jetzt in Hamburg."
„Wie schön", kam es aus mir heraus. „Setzt euch doch bitte."
„Du meintest ja selbst", fuhr Dieter jetzt fort, „dass ich

zur Zeit eine Praktikantin gut gebrauchen könnte. Julia wäre ideal. Hättest du etwas dagegen, wenn sie für die Zeit bei uns wohnt?"
„Nein, nein, natürlich nicht", sagte ich kaum hörbar.

Dann erinnere ich mich nur noch, dass ich das Essen fertig kochte, während Dieter zwei Koffer aus seinem Wagen holte und Julia ihr Zimmer zeigte. Ich legte ein drittes Gedeck auf.

Später, als Dieter und Julia schon zu Bett gegangen waren, holte ich die Mappe mit Fotos aus dem Schrank. Dieter hatte immer von all seinen Baustellen Fotos gemacht, und ich erinnerte mich, dass er von dieser Ferienanlage im südlichen Damaraland besonders geschwärmt hatte. Vor fast 30 Jahren hatte er mit den Planungen begonnen und dann mitten in der Wildnis ein Refugium mit maximalem Komfort errichtet, das so in seiner Art noch nie dagewesen und in unzähligen Hochglanz-Ferienprospekten angepriesen wurde.

„Aber damals waren wir doch schon verheiratet. Wieso habe ich nichts von dieser Liaison bemerkt?" sagte ich leise vor mich hin.
Ich zermarterte mir den Kopf, aber nichts Ungewöhnliches fiel mir zu dieser Zeit ein. Dieter hatte auch das, wie so vieles andere, mit sich allein ausgemacht. „Aber warum ist er bei mir geblieben?", fragte ich mich.

Eine Antwort darauf bekam ich erst Tage später, als wir endlich einmal allein in Ruhe reden konnten.

„Danke, Gisela", begann Dieter, „dass du so vernünftig reagiert hast, als ich mit Julia ins Haus platzte. Glaub mir, ich wusste wirklich nichts von dieser Schwangerschaft. Ich hatte nie einen Hehl daraus gemacht, dass ich verheiratet bin und ich mich auch nicht von meiner Frau trennen würde. Johanna war aus einer reichen Familie, hatte in Deutschland studiert. Die Mutter war Deutsche, der Vater, ein Farbiger, war Minister in Windhoek. Stell dir vor, wie viel Kraft es sie gekostet haben muss, ein Kind groß zu ziehen ohne Angabe des Vaters. Ich muss Julia jetzt unterstützen, das bin ich ihr schuldig."

Typisch Dieter, dachte ich mal wieder. Er erzählte das so unaufgeregt und lässig, als wenn es sich um den Kauf eines Kleidungsstückes handeln würde. Ich konnte mir nicht verkneifen zu fragen: „Was macht dich so sicher, dass du tatsächlich ihr Vater bist?"
„Warum sollte sie mich belügen? Julia sagt, ihre Mutter hätte immer nur von mir gesprochen und wie sehr sie mich geliebt hätte. Und sie hätte auch immer gewollt, dass sie mich mal kennen lernt."
Dieter rückte jetzt näher an mich heran. „Glaub mir, Liebes, so etwas ist danach auch nie wieder vorgekommen ..."

„Dass du mich betrogen hast“, fiel ich ihm ins Wort.
„Ja, wir sind doch ein prima Team, wir ergänzen uns, wir …“
„Und warum bist du in letzter Zeit so abweisend zu mir“, wollte ich wissen.
„Das kann ich dir nicht sagen.“
„Das ist ja das Letzte“, wurde ich jetzt laut. „Ich soll dir glauben, aber du hast Geheimnisse vor mir. Das ist ja noch schöner als schön.“ Ich war aufgestanden und lief nervös herum.
„Es ist wegen dir“, platzte es jetzt aus Dieter heraus. „Ich wusste ja nicht, wie unglücklich du all die Jahre warst, dass du dir so einen, so einen Kerl aussuchen musstest. Was glaubst du, hat das mit mir gemacht?“ Dieter schnaubte die letzten Worte regelrecht, was ich so von ihm überhaupt nicht kannte.

Ich verstand nicht, schaute wahrscheinlich nur ziemlich blöd, so dass sich Dieter genötigt fühlte, mich zu ihm auf die Couch zu ziehen.
„Dann schau dir das bitte an. Ich bin echt verzweifelt.“

Dieter nahm sein Laptop und lud die Emails hoch. Da las ich: „Wenn Sie nicht möchten, dass diese Bilder viral gehen, erwarte ich eine Überweisung von 10.000 € auf mein Konto. Sie wissen leider gar nicht, was sich Ihre Frau wirklich wünscht und braucht.“
Danach folgten Bilder meiner Fast-Vergewaltigung

durch Volker und danach unsere genüssliche Vereinigung, geschickt verkehrt herum geschnitten.

„Wann hast du das bekommen?"
„Zwei Tage nach deiner angeblichen Fahrt zur Beerdigung. Mit wem hätte ich darüber sprechen sollen? Ich kenne hier doch niemanden, der mir hätte helfen können. Und es kam genau zu dem Zeitpunkt, als die Zeitung voll war mit den Berichten über die neue Kita. Ich habe gezahlt und bis heute kam auch nichts mehr von dem Kerl. Warum hast du mir das angetan? Warum hast du mir nie gesagt, dass dir unsere Liebe nicht reicht?"
Dieter fing leise an zu weinen. Mir brach es fast das Herz.

Wir saßen lange auf der Couch und weinten, bis ich endlich stockend anfing zu erzählen, wie sich das Ganze tatsächlich zugetragen hatte. Ich schien nicht sonderlich überzeugend gewesen zu sein, denn Dieter versuchte mehrfach meine Beichte infrage zu stellen. Aber schlussendlich fiel eine Last von mir. Ich war froh, dass Dieter jetzt alles wusste. Ich erzählte ihm auch von Herrn Möller und was dieser bis jetzt zutage gebracht hatte.

Glücklicherweise war der nächste Tag ein Sonntag. Wir standen erst gegen Mittag auf. Zu lange hatten wir noch wach gelegen. Der Umstand, dass Julia Kaffee gekocht hatte und uns fragte, ob es uns nicht gut ginge, und sie etwas für uns tun könne, holte uns wieder in die Wirklichkeit zurück.
Sie war ja der Auslöser für unser erlösendes Gespräch gewesen.

Ich brauchte frische Luft. Schon ewig hatten wir uns nicht die Zeit genommen, am Deich spazieren zu gehen. Wir redeten nichts, waren beide in unseren Gedanken versunken. Ich atmete ganz bewusst tief ein und aus und spürte, wie gut mir die Luft tat, wie sehr ich die Nordsee liebte, egal, ob sie da war oder nicht und wie beschaulich die ruhig grasenden Lämmer.

Irgendwann nahm Dieter meine Hand und fragte sehr leise:
„Ist das jetzt unser Ende?"
„Nein, Lieber, ich weiß jetzt, was ich will." Und als ich das so bestimmt sagte, fiel mir der Song von Udo Jürgens ein. Die Schlager aus dieser Zeit hatte ich alle einmal auswendig gelernt, und ich kannte die Texte fast wörtlich noch heute.
„Nein, wir rufen morgen Herrn Möller an und werden ihm sagen, dass wir keine Geheimnisse mehr voreinander haben und Volker Thomsen, oder wie immer er

heißen mag, umgehend das Handwerk gelegt werden muss. Mal sehen, was er uns rät."

„Gut. Und was machen wir mit Julia? Wirst du sie ein paar Monate ertragen können?" Wir waren jetzt stehen geblieben und schauten uns an.
„Julia kann ja nichts dafür, dass sie auf der Welt ist. Ich wünschte, wir hätten ein gemeinsames Baby haben können, aber das war mir ja leider nicht vergönnt."
Schweigend gingen wir nach Hause.

Nein, ich konnte Julia nicht böse sein. Außerdem hatte sie eine so freundliche, einnehmende Art und war so hübsch, da konnte ihr keiner böse sein, ging es mir durch den Kopf. Schade, dass ihre Mutter so früh verstorben war. Irgendwie erinnerte sie mich an mich. Auch ich hatte ein Kind alleine groß gezogen. Ich glaube, das ist eines von vielen Beispielen, das uns immer wieder zeigt, dass wir Frauen – ganz allgemein – in vieler Hinsicht stärker sind als Männer. Die meisten konnten sich doch ihr Leben lang auf ihren Beruf, ihre Karriere konzentrieren. Die meisten Frauen müssen Beruf und Kindererziehung unter einen Hut kriegen. Vielleicht änderte sich das gerade ein wenig, aber in der zweiten Hälfte des letzten Jahrhunderts war es doch gang und gäbe.

Dieter verschwand sofort in seinem Atelier, nachdem wir zu Hause angekommen waren. Ich kochte Tee und ging mit dem Tablett zu ihm, was sonst nicht meine Art war. Ich wusste, dass er gern ungestört arbeitete.
„Oh, gute Idee." Dieter schenkte uns ein. Ein Duft wie frisch geerntetes Heu zog durch den Raum.
„Ich weiß nicht, ob ich dir das mit diesem Mann verzeihen kann. Du sahst so glücklich aus. Ich komme mir so dumm und langweilig vor. Ich wäre gar nicht auf die Idee gekommen, dass dir irgendetwas fehlt." Dieter schaute mich verzweifelt an.
„Ich habe es dir doch erklärt. Eigentlich hatte das Ganze gar nichts mit dir zu tun. Es war wie ein, ja wie ein Spiel, völlig unbedacht", versuchte ich ihm zu vermitteln.
„Gib mir etwas Zeit." Und damit stand er auf und ging an seine Staffelei. Für mich ein Zeichen, dass er nicht weiterreden wollte.

Auch in dieser Nacht schlief ich schlecht. Im Dunkeln blickte ich neidisch auf meinen Mann der herzhaft schnarchte. „Eigentlich kann er immer und überall schlafen", ging es mir durch den Kopf, „selbst an den unbequemsten oder gefährlichsten Orten der Welt." Nur in der letzten Zeit legte er gesteigerten Wert auf unser wunderbares Boxspringbett.
Irgendwann hatte mich dann doch die Müdigkeit übermannt, aber ich träumte schreckliche Dinge …

Mein Auto parkte etwas schräg unterhalb des Deichs auf der Wiese, und ich saß auf der einzigen Bank, die irgendjemand vor Jahren hier aufgestellt haben musste, oben auf dem Deich, inmitten der friedlich dösenden Schafe und schaute auf die Nordsee.
Früher spielten manchmal Kinder auf der steinernen Tischtennisplatte ohne Netz, die unten auf der Wiese neben meinem Auto stand. Nie sah ich hier Erwachsene. Ins Dorf waren es vielleicht 1000 Meter, aber dieser Strandabschnitt schien irgendwie immer recht verlassen.
Doch – wie war ich heute Nacht hier her gekommen? Ich konnte mich nicht erinnern. Nur an das Telefonat mit meiner Freundin, die mehrfach betont hatte, dass heute Nacht der Mond voll und besonders hell und nah sei. Sie hatte Recht. Fast taghell war es. Ich konnte jedes einzelne Schaf zu meinen Füßen erkennen, auch die mit den schwarzen Köpfen. Die mag ich besonders

gerne. Ich beobachte immer noch gern im Frühling, welch unterschiedliche Charaktere die Lämmer haben. Die einen frech und ständig an der Mutter saugend, die anderen träge und verschlafen. Aber irgendwann stupsen die Frechen die Trägen so lange an, bis diese mit ihnen herumtollen.

Jetzt ist alles friedlich. War – alles friedlich. Denn plötzlich ertönt der laute Schrei einer Waldohreule, direkt aus dem dichten Gebüsch hinter meinem Wagen.

Völlig in Gedanken versunken hatte ich gar nicht bemerkt, wie ein Mann auf meine Bank zusteuert. Viel zu spät zucke ich zusammen. Das hatte er bemerkt und lächelte. Was wollte er? Was tat er hier mitten in der Nacht? Angst stieg in mir empor. Mir fiel meine Mutter ein, die mir als Kind oft gesagt hatte: „Wenn ein Käuzchen ruft, stirbt ein Mensch." Galt dieses Sprichwort jetzt mir?

Ich verkrampfte mich, wagte nicht den Fremden anzuschauen.

„Entschuldigen Sie vielmals. Ich wollte Sie wirklich nicht erschrecken. Aber ich habe mich so gefreut, hier einen Menschen sitzen zu sehen, um diese Uhrzeit, da musste ich einfach näher kommen. Ich konnte nicht schlafen. Der Mond scheint heute so hell, da musste ich einfach raus. Ich bin oft nachts draußen am Wasser. Da kommen mir die besten Ideen. Und was führt Sie hierher?"

„Ich konnte auch nicht schlafen. Das ist meine Lieblingsbank. Hier ist es immer so schön ruhig."
Er streckte seine Hand nach mir aus, wie zu einer offiziellen Begrüßung. Aber gleichzeitig verzerrte sich sein Gesicht zu einer Fratze …

Ich musste geschrien haben, denn mein Mann streichelte mich und flüsterte sanft: „Du hast schlecht geträumt, Liebes. Schlaf weiter." Und noch ehe ich richtig verstand was los war, hatte er sich wieder auf seine Seite gerollt und schnarchte weiter.

An Schlaf war nicht mehr zu denken. Der Neid auf Dieters gesunden Schlaf nahm Besitz von mir. Jetzt fiel mir auch ein, dass wir bei unserem Gespräch gar nicht auf sein Fehlverhalten vor über 20 Jahren eingegangen waren, sondern er nur meinen Fehler konstatierte. Das machte mich immer wütender.

War das nicht wieder mal ein Beweis dafür, das Männer fremd gehen konnten, eventuell auch noch bei Freunden damit prahlten und die Angetrauten ihnen häufig verziehen? Hatte ich nicht vor kurzem erst gelesen, dass Frauen auch heute noch dazu tendieren, Machos mehr zu mögen als Softies? Dieter hatte mir gesagt, er wisse nicht, ob er mir verzeihen könnte. Aber gleichzeitig verlangte er ganz selbstverständlich, dass ich ihm verzieh und auch noch lieb zu Julia sei.

Wenn Übermüdung und schlechte Gedanken zusammenkommen, ist das eine explosive Mischung. Ich war nahe dran, Dieter wach zu rütteln und ihm zu sagen, dass es für mich auch gar nicht leicht sei, ihm zu verzeihen.
Ich erinnerte mich jetzt sehr genau, dass ich ihn damals mehrfach gebeten hatte, mich einmal mit nach Namibia zu nehmen, weil er doch derart von der Landschaft schwärmte. Aber immer hatte er eine andere Ausrede gehabt. Kein Wunder!

Ich stand auf und ging in die Küche. Unbändiger Hunger überfiel mich. Ich schmierte mir eine Scheibe Brot dick mit Butter und belegte es üppig mit Camembert. Dann setzte ich Milch auf und kochte mir Kakao mit reichlich Kardamom. Das Ganze krönte ich noch mit einem kräftigen Schuss frischer Sahne.
Aaah, jetzt ging es mir besser.

Während ich meine Hände an der Kakaotasse wärmte, hörte ich Schritte. Im nächsten Moment stand Julia in der Küchentür.
„Entschuldigung, kannst du auch nicht schlafen?" Julia hatte mich sehr schnell geduzt, was ich in Ordnung fand.
„Magst du auch einen Kakao?"
„Oh, ja, sehr gerne."
Der Herd war noch heiß und so ging es ganz schnell.

„Du bist eine sehr liebenswerte Frau, Gisela. Ich fühle mich sehr wohl bei euch, und ich kann mein Glück immer noch nicht fassen, dass ich tatsächlich bei euch sein und von Dieter so viel lernen darf. Schade, dass meine Mutter das nicht mehr erleben durfte.
„Woher kannst du so gut deutsch, Julia?"
„Meine Mutter hat deutsch mit mir gesprochen. Die meisten Gäste in der Lodge waren auch Deutsche. In der Schule haben wir englisch gesprochen und mit den einheimischen Mitarbeitern Afrikaans."
„Ich finde es toll, wenn ein Kind mehrsprachig aufwächst. Ich bin traurig, dass mein Englisch nicht gut ist," sagte ich ehrlich.
„Darf ich dich etwas fragen, Gisela?"
„Ja, sicher."
„Warum habt ihr keine Kinder?"
„Ich habe einen wunderbaren Sohn, aus einer flüchtigen Beziehung lange bevor ich Dieter kennen lernte. Den habe ich auch alleine groß gezogen. Er hat Dieter nie als Ersatzvater akzeptiert, sie respektieren sich aber. Er führt meine Agentur weiter. Das macht mich sehr glücklich."

In dem Moment wurde mir klar, dass ich Julias Mutter vom Charakter her ähnlich sein musste.
Meine Gedankenpause nutzte Julia um zu fragen:
„Heute Mittag hatte ich das Gefühl, dass ihr beide ein Problem habt."

„Das stimmt“, unterbrach ich sie, „aber das hat nichts mit dir zu tun.“
Ich schien sie mit diesen Worten nicht wirklich zu beruhigen, aber sie stand danach auf, bedankte sich für den Kakao und ging wieder zu Bett.

Das Gespräch mit Herrn Möller am nächsten Tag verlief besser, als ich gehofft hatte. Er schien froh darüber zu sein, dass jetzt auch mein Mann involviert war, und er wunderte sich auch nicht, dass auch Dieter gezahlt hatte.

„Der Typ ist mit allen Wassern gewaschen und nicht dumm. Er recherchiert zunächst genau und kalkuliert, wie hoch er bei seinen Opfern pokern kann. Aber er bleibt dabei immer auf dem Teppich. Er ist mit seiner Masche noch nicht richtig reich geworden, kann aber sehr bequem davon leben. Es war zwar nicht ganz legal, aber ich konnte seinen Computer haken. Im Moment plant er den nächsten Coup. Ich hoffe, ich kann die Opfer überzeugen mitzuspielen, um im richtigen Moment die Polizei eingreifen zu lassen. Drücken Sie die Daumen. Ich melde mich wieder."

Dieter war an diesem Tag besonders liebevoll zu mir, so dass mein Groll auf ihn aus der Nacht verflog. Ich hatte Blätterteig-Apfeltaschen gebacken. Die liebte er und lauwarm schmeckten sie auch der Postbotin besonders gut. Aber heute schien sie mir ernsthaft bedrückt.

„Was ist los? Sie scheinen so aufgewühlt?"

„Stellen sie sich vor, was ich gerade erlebt habe. Ich musste bei Bauer Lukas klingeln, weil ich ein Paket für ihn hatte. Er sagte, warten sie, ich muss ihnen gleich noch eins mit zurückgeben. Er bestellt furchtbar viel im Internet. Manchmal denke ich, er weiß gar nicht so genau, was er da alles bestellt, weil, das meiste geht wieder zurück. Er flitzt also ins Haus und kommt mit einem großen Paket zurück vergisst aber, dass er die volle Gießkanne im Hausflur abgestellt hatte. Ich sag noch: Vorsicht!!!, aber da ist es schon zu spät. Er knallt der Länge nach auf die Fliesen. Ich hab sofort die 112 angerufen. Die haben ihn ins Krankenhaus gebracht. Er hat immerzu gestammelt: meine armen Viecher, meine armen Viecher."

„Das tut mir aber echt leid. Der arme Mann. Wissen Sie, wen man anrufen könnte?"
Die Postbotin hatte sich jetzt doch eine Apfeltasche geschnappt und nippte an ihrem Kaffee.
„Ich habe den Sohn angerufen. Er will sich kümmern. Hoffentlich kommt er bald. Jetzt muss ich aber los, bin ganz schön spät dran."

Ich überlegte, was ich tun könnte. Aber schon wenige Minuten später bog ein Kastenwagen in Bauer Lukas Zufahrt ein.
„Das wird der Sohn sein", sagte ich zu mir, schnappte mir Stiefel und Jacke und stapfte zu dem Anwesen.

„Hallo!! Wissen sie schon, wie es ihrem Vater geht?", rief ich dem jungen Mann zu. „Ich bin Frau Telling, die Nachbarin", und zeigte auf unser Haus.

„Aaa, ja, mein Vadder hat mir schon viel von ihnen erzählt. Ich bin der Ole.“ Er kam beim Reden freundlich auf mich zu.

„Wenn er Pech hat, ist es ein Oberschenkelhalsbruch. Das wäre natürlich eine Katastrophe. Ich hab ihm schon so oft gesagt, er soll seinen Hof verkaufen und zu uns ziehen. Aber er ist stur. Jetzt werde ich zunächst mal jeden Tag kommen müssen, um mich um die Tiere zu kümmern.“

„Kann ich ihnen irgendwie helfen?“

„Mmh, die Hühner und Meerschweinchen machen mir keine Sorgen, aber die Seepferdchen.“

„Ihr Vater hat Seepferdchen?“, fragte ich erstaunt.

„Hat er ihnen die nicht gezeigt? Die sind doch sein ganzer Stolz.“

„Ich war noch nie bei ihm im Haus. Er kommt nur manchmal zu uns und trinkt ein Bier mit meinem Mann. Ich habe ihm mal ein Glas selbst gekochte Marmelade gebracht. Da haben wir hier auf der Bank gesessen und die Meerschweinchen standen neben uns im Käfig. Er erzählte mir traurig, dass er die für ihre kleine Tochter gekauft habe, aber es hätte sich herausgestellt, dass sie eine Allergie gegen Tierhaare hat. Da musste er sie selbst behalten. Aber sie seien so unnütz, sagte er. Am liebsten würde er sie ertränken, aber das brächte er dann doch nicht übers Herz.“

„Ja, ich wundere mich, wie lange die leben. Hätte ich den kleinen Kerlchen gar nicht zugetraut. Die müssen

jetzt schon sieben oder acht Jahre alt sein."
„Aber wie kommt ihr Vater zu Seepferdchen?"
„Mein Vater ist als junger Mann mit einem Forschungsschiff zur See gefahren. Da waren auch Meeresbiologen an Bord. Und die haben ihm von den Besonderheiten der Seepferdchen erzählt. Das hat ihn unheimlich fasziniert. Vor ein paar Jahren hat er sich dann ein Meerwasseraquarium zugelegt mit Schnecken und Seepferdchen. Andere Fische vertragen sich kaum mit denen. Und sie stellen hohe Ansprüche ans Futter. Ich zeige es ihnen am besten mal."

Wir gingen zusammen ins Haus. Das sah recht unaufgeräumt aus. Vielleicht hatte mich Bauer Lukas noch nicht zu sich ins Haus gebeten, weil er sich schämte? Überall standen volle oder leere Kisten und Kasten.
„Es geht mich ja eigentlich nichts an, aber kann es sein, dass ihr Vater schon leicht dement wird? Die Postbotin, die den Unfall miterlebt hat, erzählte mir, dass ihr Vater ständig Sachen bestellt, aber das meiste wieder zurück sendet. Das findet sie nicht normal."
„Das ist auch nicht normal. Meine Frau und ich, wir sorgen uns da schon lange, aber wie gesagt, er will unbedingt allein auf seinem Hof bleiben."

Jetzt waren wir an dem Aquarium angelangt. Eine Unmenge Kabel und Leitungen ragten daraus heraus und viele Kanister und Pumpen standen rund herum.

Zunächst sah ich vor lauter Farnen und Gräsern im Becken die Tiere gar nicht.

„Das sieht aber wirklich kompliziert aus", meinte ich ehrlich.
„Das ist es auch. Seepferdchen sind sehr sensibel. Sie benötigen eine spezielle Wasserqualität und lebend Futter." Ole hatte aus der Tiefkühltruhe ein kleines Päckchen genommen und in das Becken gelegt. Langsam konnte man erkennen, wie winzige Garnelen, Wasserflöhe und Plankton aus dem Eis „erwachten".

„Ich möchte wirklich gerne helfen. Wenn sie mir genau zeigen, was zu tun ist, kann ich mich um die Tiere kümmern. Dann müssen sie vielleicht nur zwei- oder drei Mal in der Woche kommen."
„Das wäre eine Riesenhilfe für mich. Wissen sie, meine Frau ist gerade hochschwanger. Ich muss jeden Tag zur Arbeit fahren und kümmere mich abends um viele Dinge zu Hause. Würden sie das wirklich tun?"
„Aber sicher. Wozu sind Nachbarn denn da?"

Er zeigte mir dann alles und beantwortete auch geduldig meine vielen Fragen. Außerdem tauschten wir unsere Handynummern aus, so dass wir uns jederzeit erreichen konnten. Ich freute mich schon auf die frischen Eier.

Bauer Lukas hatte tatsächlich einen Oberschenkelhalsbruch. Das hieß, er würde auch unbedingt nach dem Krankenhaus in die Reha müssen und fiel damit für einige Wochen aus.

Gerade war Katrin zum Tee gekommen. Ich erzählte ihr, was inzwischen passiert war. Mir war ehrlich gesagt gar nicht aufgefallen, dass sie sich einige Zeit rar gemacht hatte. Ich war mit der Tierpflege voll ausgefüllt.

Die Hühner machten die wenigste Arbeit und Ole hatte versprochen, die Reinigung des Stalls am Wochenende zu übernehmen. Wenn ich gegen Abend zu den Meerschweinchen kam, warteten sie schon auf eine Streicheleinheit. Ihre Verköstigung war auch einfach. Jetzt hatte ich endlich dankbare Abnehmer für Kräuter und Salat aus meinem Garten, die nicht mehr so schön waren, um in unseren Schüsseln zu landen.

Kopfschmerzen bereiteten mir die Seepferdchen. Ich hatte das Gefühl, dass sie sich verändert hätten, dabei gab ich mir alle Mühe bei der täglichen Messung von Salzgehalt und pH-Wert.
Ich las im Internet alles, was ich über die schönen aber sensiblen und scheuen Fische finden konnte.
Am beeindruckendsten fand ich die Tatsache, dass das Kinderkriegen eine Sache der Männchen ist. Die Weibchen legen ihre Eier in die Bauchtasche der Männchen ab. Die Jungen schlüpfen lebend aus dieser Tasche nach zirka 10 bis 12 Tagen. Während der Brutzeit kann sich das Weibchen bereits schon wieder mit einem neuen Männchen paaren.

Wow, welch verdrehte Welt. Nie hatte ich mich mit Seepferdchen beschäftigt und nie hätte ich gedacht, dass unser Nachbar ein so ausgefallenes Hobby haben könnte.
Aber Katrin hörte mir gar nicht aufmerksam zu. Sie konnte kaum abwarten, mir IHRE Neuigkeit mitzuteilen.

„Ich hatte dir doch erzählt, dass ich in dem neuen Bistro am Markt nächstes Jahr die Bilder meiner Schüler ausstellen darf. Stell dir vor, diese Dörte hat einen ganz tollen Vater. Es war übrigens auch seine Idee. Er malt selbst und weiß, wie sehr sich ein Künstler freut, wenn sein Bild an einer Wand hängt, das viele Menschen sehen können. Du, das ist so ein feiner Kerl."
„Erzähl weiter", ermunterte ich sie.

„Also, wie gesagt, er war derjenige, der die Idee hatte. Und als ich mich zum ersten Austausch mit Dörte traf, war er auch da. Er ist zwei Jahre jünger als ich und seit fünf Jahren geschieden. Er raucht nicht, er trinkt nicht und das Beste ist, ich kann mich wunderbar mit ihm über alles unterhalten. Meilenweit besser als mit allen anderen, die ich über Zeitung oder Dating Portal kennengelernt habe.
Ich hatte doch schon die Hoffnung aufgegeben, dass mich noch jemand will. Ich war überzeugt, dass die Kerle in unserem Alter nur eine jüngere Frau suchen,

die sie später mal pflegen. Nicht so Jan. Was sagst du nun?“
„Was soll ich sagen. Ich freue mich natürlich riesig für dich. Meine Mutter würde an dieser Stelle sagen: ‚Warum in die Ferne schweifen, wenn das Gute liegt so nah.‘“

„Gestern waren wir zum ersten Mal zusammen im Bett. Auch da klappt es prima. Ich kann mein Glück überhaupt noch nicht fassen.
Oh sorry, ich muss los. Habe einen Friseurtermin. Drück mir die Daumen, dass es so bleibt.“
„Aber natürlich“, rief ich ihr nach.

Ich musste lächeln. Was für eine verrückte, liebe Freundin. Das Leben wäre so viel ärmer ohne sie. Nur, als sie das Wort Glück aussprach, spürte ich einen kurzen Schmerz in meinem Herzen.
Was ist Glück? Darüber hatte ich mir viele Nächte den Kopf zerbrochen. Im Grunde sind es doch nur diese besonderen Glücksmomente, die einem das Herz höher schlagen lassen und die erlebte man fast ausschließlich bei verbotenen Dingen.
Zum Beispiel beim ersten Sex, bei der ersten Zigarette, beim … Nein, das war nicht Glück, das war Aufregung.

Echtes Glück empfand ich, als ich zum ersten Mal mein Kind im Arm hatte, als mein Mann mir sagte,

er möchte mich heiraten, weil er nur mich immer um sich ertragen könnte, als wir in unser Refugium einzogen, und ich wusste, dass ich nie mehr 16 Stunden am Tag arbeiten würde und mich nicht stylen müsste. Ja, und Glück empfand ich auch, als ich den ersten selbstgezogenen Salat anrichtete.
Aber was war in all der Zwischenzeit? Warum hatte mich mein Mann betrogen, warum war ich zu Volker gefahren? Irgendwas musste doch im Unterbewusstsein gefehlt haben. Wenn ich die Augen schloss, spürte ich noch immer die Hände von Volker auf meinem Körper und den genüsslichen Orgasmus.
Ärgerte ich mich über zu wenige erotische Kontakte in all den Jahren des Verheiratet seins? Nahm ich Dieter seine Liebe zu Julias Mutter übel? Wer sagte mir, dass da nicht noch mehr Liebeleien gelaufen waren? Er war oft so viel unterwegs. An Gelegenheiten hatte es bestimmt nicht gemangelt. Und in all der Zeit hatte ich fleißig in der Agentur gearbeitet, Küsschen hier, Küsschen da gegeben, aber sonst nichts.

„Ich war wirklich dumm", sagte ich jetzt laut zu mir selbst.
Aber bei unserem Deichspaziergang hatte ich mir ja geschworen, dass ich jetzt wusste, was ich wollte und das hieß auch: „Ich werde mir mein Glück holen, ich werde es von Dieter einfordern. Ich hatte nur all die Jahre zu lange geschwiegen."

Früher als gedacht kam der erlösende Anruf von Herrn Möller, dass Volker Thomsen in Untersuchungshaft sitze. Mir fiel ein Stein vom Herzen und Dieter auch. Gleich fing ich an, meine neue „Strategie“ auszuprobieren.

„Liebling, nimmst du mich heute Nachmittag mit zur Baustelle?“

Dieter sah mich verwundert an. Und nach einer Pause: „Ja gern, wenn du möchtest.“

Bei unserem Spaziergang am Deich war mir klar geworden, dass unsere Beziehung in vielen Dingen Diskrepanzen aufwies. Die hatten sich aber nur deshalb festsetzen können, weil einer von uns – meistens ich aus meiner Sicht – nicht rechtzeitig den Mund aufmachte, um etwas „anzuprangern“. Ich hoffte immerzu, dass Dieter alleine darauf käme, was mir nicht gefiel. Aber wie sollte er, wenn ich nichts sagte.

Das wollte ich jetzt ändern, und da Dieter naturgemäß derjenige war, der vieles gern mit sich allein ausmachte – wie es meiner Meinung nach die meisten Männer tun, weil sie das männlich finden – musste „Frau“ sie darauf stupsen. Anders geht es nicht.

Ich wollte ihm mit meiner Frage zeigen: „Hey, ich interessiere mich für deine Arbeit, lass mich teilhaben daran.“

Um ehrlich zu sein, wollte ich auch sehen, wie Ju-

lia ihren Vater unterstützte, wie sie auf der Baustelle „ankam“. Es wurde ein sehr schöner Nachmittag. Wir lachten viel über dumme Fragen von mir, und ich lernte viel. Dabei beließ ich es aber nicht. Beim Abendessen erklärte ich Dieter ganz sachlich, dass es mir Spaß mache, zu kochen und welche Mühe ich mir gäbe, gesund und abwechslungsreich unsere Mahlzeiten zu zubereiten, dass ich es aber auch schön und wichtig fände, Feedback zu bekommen und ehrliches Lob oder wenn nötig auch mal Kritik.
Heute hatte ich zum Beispiel Hähnchenbruststreifen mit frischen Champignons und buntem Gartengemüse an Schupfnudeln kreiert. Gewürzt hatte ich – wie meistens – nur mit meinem Zwiebel-Apfel-Mango-Chili-Chutney.

„Du bist die beste Köchin von Welt“, lobte mich mein Mann und Julia stimmte ihm bei. Dann wollte sie noch unbedingt das Rezept für das Chutney wissen. Es wurde ein sehr feuchtfröhlicher Abend.

Im Bett ging es natürlich weiter. Da hielt ich einen regelrechten Vortrag über alles, was mir klar geworden war und dass ich mir fest vorgenommen hätte, die Jahre, die uns noch blieben so schön wie nur möglich zu gestalten. Ich bat Dieter mal aufzuschreiben, was er alles noch machen möchte, was ihm wichtig sei, und ich versprach das Gleiche zu tun.

Ich erklärte ihm, dass unser beider „Vergehen“ etwas Gutes haben müsste, nämlich das gegenseitige Verzeihen und den Wunsch, es in Zukunft nicht wieder dazu kommen zu lassen, geschweige denn, es dem anderen bei nächstbester Gelegenheit „aufs Butterbrot zu schmieren“.

So hatte Dieter mich noch nicht erlebt. Zunächst war er noch etwas zögerlich, aber als wir dann anfingen auch über unsere intimsten Wünsche zu sprechen, blühte er regelrecht auf.
Mir ging es genauso. Warum hatte ich ihm nicht schon früher gesagt, wo es mir am besten gefiel, gestreichelt zu werden, wann ich mir Küsse wünschte und wann nicht und vieles mehr.

Nach einem sehr gelungenen Beischlaf drehte er sich zu mir um und meinte: „So viel haben wir in den letzten Jahrzehnten nicht geredet. Ich habe nichts von dir gewusst, und du hast mich dumm gelassen.“
„Aber doch nur, weil du so ein ernster, verschlossener Typ warst von dem ich annahm, dass er nicht gern viel redet.“
Wir nahmen uns in die Arme und lachten herzhaft.

Bauer Lukas war endlich wieder zu Hause. Er ging noch am Rollator, machte aber täglich Fortschritte. Eines Tages klingelte er bei uns und bedankte sich mit einem riesigen Blumenstrauß und Pralinen für meine Hilfe. Außerdem erzählte er, dass er sich entschlossen habe, zu Ole zu ziehen. Jetzt, da dort das zweite Kind da sei, könnte er die Familie ein wenig unterstützen. Vielleicht war ihm aber auch nur klar geworden, dass sein Alleinleben je älter er wurde, Risiken barg, die man nicht unbedingt ausreizen sollte. Nur das zuzugeben gehörte sich für einen echten Nordfriesen nicht.

„Und was wird aus Ihrem Hof?", wollte ich wissen.
„Oh, den wird ein junger Bio-Bauer übernehmen. Das wird bestimmt interessant zu beobachten, was er daraus macht."

Ein paar Wochen später erfolgte bereits die Übergabe und noch etwas später, lud uns der junge Bio-Bauer zum Kennenlernen und „auf gute Nachbarschaft" ein. Es war Julias letztes Wochenende bei uns. Das Praktikum war beendet. Sie musste zurück nach Hamburg und weiter studieren.

Ich merkte gleich, dass es zwischen Julia und Sven, so hieß der Bio-Bauer, mächtig gefunkt hatte. Sie erinnerte mich daran, wie ich vor 35 Jahren an Dieters Lippen hing und alles aufsaugte, was er über Klima

und Ressourcen und so weiter wusste und mitteilte. Jetzt hörte sie sich alles sehr aufmerksam über biologischen Ackerbau an.
Und so kam es, dass wir Julia nicht aus den Augen verloren. Sie behielt ihre Studenten-WG bei, fuhr aber fast jedes Wochenende mit dem Zug bis Heide, wo sie schon sehnsüchtig erwartet wurde. Oft lud ich die beiden zum Sonntagsessen ein und holte mir damit nur all zu gerne die Lobhudeleien bezüglich meiner Kochkünste ab.

Häufig gesellten sich auch Katrin und Jan dazu. Bei getrenntem Wohnen waren sie eine sehr glückliche Beziehung eingegangen. Jeder ließ dem anderen genügend Raum, seine für sich wichtigen Dinge zu tun, um sich am Abend oder anderentags wieder zu treffen und sich auszutauschen.
Jan unterstützte sie auch sehr in der Malschule, und die Ausstellungen im Bistro seiner Tochter wurden ein voller Erfolg. Es bewies sich mal wieder, dass die Touristen im Urlaub viel mehr Muße haben, sich Kunst anzusehen und auch zu kaufen, als zu Hause in ihrem Alltag.

Unsere nette Postbotin kommt leider nicht mehr. Sie hatte mir eines Tages mit einem saftigen Stück Birnen-Nuss-Kuchen im Mund freudestrahlend erzählt, sie sei schwanger und ihr Liebster, ein Kollege, habe

ihr ganz romantisch bei einem Spaziergang im Watt einen Heiratsantrag gemacht. Die Hochzeit sollte schon bald im Westerhever Leuchtturm stattfinden.
Jetzt kam immer ein junger Mann und brachte die Post. An Kaffee und Kuchen war er leider überhaupt nicht interessiert.
Meine wöchentlichen Telefonate via Skype oder Zoom mit meinem Sohn und manchmal mit der gesamten Belegschaft fanden natürlich weiter statt. Ich freute mich sogar, hin und wieder mit Rat und Tat – wenn es sich um alte Kunden handelte – mit meiner Erfahrung zur Lösung eines Problems beitragen zu können.
Komplette Esspakete schickte ich nicht mehr. Das hatte ich mir abgewöhnt, aber Gläser mit Chutneys oder Obstkompott wurden gerne entgegen genommen.

Dieter und mir ging es gut. Eine nie gekannte Wärme und Nähe umgab uns. Wir schliefen nie mehr ohne Streicheleinheiten ein und am Morgen fragten wir uns als erstes, wie wir geschlafen hätten. Wir wurden dankbar für guten Schlaf und für die Tage, an denen keiner von uns Schmerzen hatte.
Wir akzeptierten und konnten sogar darüber lachen, wenn wir feststellten, wie langsam wir geworden waren und wie viele Pausen wir brauchten bei allem, was wir taten. Sogar bei unseren Spaziergängen, die wir jetzt fast regelmäßig unternahmen. Ich sagte dann immer, ich möchte die Schafe in Ruhe betrachten, aber

in Wirklichkeit konnte ich nicht lange an einem Stück laufen.
Dieter kannte inzwischen auch viele Leute aus dem Ort, und er freute sich sichtlich, wenn mal wieder jemand seine Kita bestaunte oder Rat brauchte für irgendeine bauliche Maßnahme.
Wir waren ein richtig nettes altes Ehepaar geworden, und ich fragte mich nicht mehr, was ich denn alles versäumt hätte und ob ich denn glücklich wäre.

Wenn mich jemand fragte, wie man denn im Alter noch so gut drauf und glücklich sein könnte, antwortete ich stets: „Glück ist ein schwammiger Begriff. Glück ist Zufriedenheit, Zweisamkeit, Zärtlichkeit, aber das lernt man erst im Alter richtig schätzen."

Anhang

Für alle, die sich wundern, warum so oft vom Essen in meinem Roman die Rede ist:
Ich möchte auch denjenigen Mut machen, die bisher nur wenig selbst gekocht oder gebacken haben. Beides gelingt immer, wenn man gute Zutaten verwendet. Es macht einfach Spaß.
Ich besitze weder Küchenmaschine noch Waage. Kochen und backen hat viel mit Übung zu tun und mit ein wenig Mut und Kreativität.

Nachfolgend ein paar Anregungen.

Zur Apfelzeit:

Chutney zum Würzen (anstatt Salz und Pfeffer)

- 1 große Gemüsezwiebel
- 5 x so viele Äpfel
- 1 Mango und Mangosaft
- oder 1 Dose Ananasstücke inkl. Saft
- oder 1 kleine Dose Aprikosen inkl. Saft
- Apfelessig
- 2 bis 3 Chilis
- etwas Marmelade

1 große Gemüsezwiebel klein schneiden und in einen großen Topf geben. Äpfel schälen und klein schneiden (etwa 5 x so viel wie die Zwiebelstücke). Zur Geschmacksverbesserung entweder Mangos klein geschnitten dazu geben und ein kleines Glas Mangosaft. Oder: 1 Dose Ananasstücke inkl. Saft, oder: 1 kleine Dose Aprikosen inkl. Saft.

Dann 2 Schnapsgläser Apfelessig und 2 bis 3 Chilis sehr fein geschnitten zugeben.

Das Ganze aufkochen und dann rühren, rühren, rühren bis es eingekocht ist. Zum Süßen kann man am besten etwas Marmelade der verwendeten Obstsorten verwenden. Einfach abschmecken, wie man es gerne hätte. Vorsicht, sehr heiß. Ich habe mir dabei schon oft die Zunge verbrannt.
In Gläser abgefüllt hält es sich ewig. 

Wer den scharf-süßen Chutneygeschmack mag, kann grundsätzlich jede Obstsorte verwenden. Für Soßen, Eintöpfe und Ragouts oder Geschnetzeltes (Fisch, Hähnchen oder Kalb) passt ein helles Chutney besonders gut. Für Wild oder Rind schmecken besonders Pflaumen- oder schwarze Johannisbeervariationen.

Für Süßes aus Äpfeln:

Apfelmus – aber stückig

- Äpfel
- Zitronensaft
- 1 Glas Apfelsaft
- etwas Erdbeermarmelade
- 1 Vanilleschote oder 2 Päckchen Bourbon Vanille

Äpfel schälen und klein schneiden. Zwischendrin mit etwas Zitronensaft beträufeln, damit sie nicht so braun werden. (Mach ich eigentlich immer, weil meine Gartenäpfel sehr schnell braun werden. Manchen neuen Sorten wurde dieses Gen, das es verursacht, weggezüchtet).

Darüber ein kleines Glas Apfelsaft gießen und 2 Löffel Erdbeermarmelade und 1 Vanilleschote oder 2 Päckchen Bourbon Vanille geben, aufkochen lassen und dann auf kleiner Flamme cirka eine halbe Stunde rühren und abschmecken.
Nicht zu Mus zerstampfen.

Hält sich im Kühlschrank ewig.
Man kann es aber auch gut einfrieren.

Apfeltaschen

- Blätterteig aus dem Kühlregal
- Apfelmus
- 1 Eigelb
- etwas Sahne
- gehobelte Mandeln oder gehakter Krokant

Sie sind der schnellste „Kuchen“ überhaupt. Eine Freundin brachte mich darauf. Man nimmt einfach den fertigen Blätterteig aus dem Kühlregal, schneidet Quadrate, gibt einen Löffel Apfelmus hinein und klappt sie von allen 4 Seiten zu. Dann verquirle ich ein Eigelb mit einem Löffel flüssiger Sahne und bestreiche die Taschen damit. Gut schmeckt dann noch, sie mit gehobelten Mandeln oder gehaktem Krokant zu bestreuen.

Apfelpfannkuchen

- 2 oder 3 Eier
- etwas Zucker
- 1 Glas Milch
- etwas süße Sahne
- etwas Mehl
- Äpfel
- Zitrone
- gehobelte Mandeln
- etwas gutes Öl zum Anbraten

Mmmh, ich liebe den Duft beim Zubereiten und besonders Kinder mögen sie abgöttisch.

Man nehme: 2 oder 3 Eier und schlage sie mit etwas Zucker, einem Glas Milch und etwas süßer Sahne schaumig. Dann rührt man Mehl unter, bis ein sämiger Teig entsteht.

Nun kommen die geschälten, in kleine Stücke geschnittenen Äpfel hinzu. Darüber etwas Zitrone. Ich gebe gerne noch gehobelte Mandeln dazu.

In einer großen Pfanne ein gutes Öl erhitzen und je einen Löffel Teig hinein, soviel Platz man eben hat. Die Pfannküchlein backen schwer, lieber auf kleiner Flamme, damit sie nicht anbrennen. Und rechtzeitig umdrehen. Auf Küchenpapier auf Teller setzen und mit Puderzucker bestreuen.

Grundrezept für Rührteig

- 3 Eier
- 1 kleine Tasse Zucker
- 1 Vanillezucker
- 200 g flüssige Sahne
- Mehl
- 1 Päckchen Backpulver
- Je nach Geschmack: Apfel, Birnen, Schokolade, Kirschen, Creme Fraiche, Aprikosen, Marzipan
- Krokant
- Puderzucker

Ich mache das ohne Mixer, nur mit dem Schneebesen. Sehe das als kleine sportliche Einlage.

Ich schlage 3 Eier mit ca. 1 kleinen Tasse Zucker, 1 Vanillezucker und 200 g flüssiger Sahne richtig schön schaumig. Dann gebe ich soviel Mehl und 1 Päckchen Backpulver hinzu, bis er etwas zähflüssig ist. (Meist nehme ich Dinkelmehl oder mische mit Kokos- oder Mandelmehl). Dann rühre ich geschnittene Apfel- oder Birnenstückchen mit Schokoladenraspeln oder abgetropfte Kirschen mit Quark und Creme Fraiche oder Aprikosen mit gehacktem Rohmarzipan oder Pistazien darunter. Der Fantasie sind keine Grenzen gesetzt.

Zugegeben all diese Kuchen (sie kommen dann in eine gebutterte Springform) backen sich schwer. Man sollte sie bei ca. 150 Grad (Umluft) mindestens eine Stunde und 10 Minuten im Ofen lassen und dann mit einem Holzstäbchen die Probe machen.
Wenn man es nicht ganz so saftig mag, kann man auch den Teig 10 bis 15 Minuten vorbacken und dann erst das Obst obendrauf tun.
Gerne nehme ich auch noch weniger Zucker und ergänze mit Krokant oder hinterher mit Puderzucker.

Über Rückmeldungen oder weitere Anregungen würde ich mich sehr freuen: ingrid@metz-neun.de

Und für alle, die sich noch mal an den Text von Udo Jürgens erinnern möchten: Bitteschön, hier ist er:

ICH WEISS, WAS ICH WILL

Dein Haar weht im Wind
Von meinem Fenster aus
Da seh' ich dich gehen
Du winkst herauf und bleibst sekundenlang stehen
Ich denk': „Wie schön war es doch eben noch hier mit dir“
Ich weiß, was ich will
Ich will dich fühlen
Wenn der Morgen erwacht
Mit dir den Tag verbringen bis in die Nacht
Und glauben nirgends ist ein Ende in Sicht
Nein, für uns nicht
Ich weiß, was ich will
Ich will die Leidenschaft
Mit der du mich liebst
Die sanfte Zärtlichkeit
Wie du sie mir gibst
Die Illusion
Du lebst allein nur für mich
Die brauche ich
Ich weiß, was ich will

Ich will, dass endlich etwas Neues beginnt
Dass wir wie ein Gedanke, ein Körper sind
Das ist mein Ziel
Sag' mir nur eins
Will ich zuviel?

Ich weiß, was ich will
Dir alles zeigen
Was ich jemals gesehen
Was du auch immer tust
Verzeihen und verstehen
Was ich noch nie vorher im Leben getan
Fang' ich jetzt an
Ich weiß, was ich will
Ich will dich nie mehr aus den Augen verlieren
Will deine Hände sanft und weich auf mir spüren
Glauben daran, dass es auch so weitergehen kann
Noch kann ich dich sehen
Mit schnellem Schritt gehst du die Straße entlang
Mit deinem so vertrauten typischen Gang
Ich denk': „Wie schön war es doch eben noch hier
mit dir“
Ich weiß, was ich will
An einem leeren Strand allein mit dir sein
Und alles tun, was man so tun kann zu zwein
Und kein Gedanke von uns bleibt ungesagt
Nichts wird vertagt
Ich weiß, was ich will

Wie ein Zigeuner durch die Welt mit dir ziehen
Dem ganzen Zirkus dieses Daseins entfliehen
Und alles das
Bis uns die Sinne vergehen
Wär das nicht schön?
Ich weiß, was ich will
Dass jede Nacht für uns zum Karneval wird
Und jeder Weg nur zueinander uns führt
Das ist mein Ziel
Sag' mir eins: will ich zuviel?
Ich weiß, was ich will
Ich will dich ganz und gar und immer um mich
Was uns im Wege steht
Das ändere ich
Ich hab' noch nie im Leben Berge versetzt
Ich tu' es jetzt.

Quelle: LyricFind
Songwriter: Udo Jürgens / Fred Jay

Ingrid Metz-Neun
Brav kann ich auch, bringt aber nix
Roman
ISBN: 978-3-945923-20-7
168 Seiten, 10,00 €

Pressestimmen zu Brav kann ich auch, bringt aber nix:

Über Jahrzehnte beschwor Ingrid Metz-Neun allein mit dem Klang ihrer Stimme erotische Phantasien herauf. Jetzt füttert die 68-Jährige die Bilder im Kopf ihrer Leser. Der freizügige Roman BRAV KANN ICH AUCH, BRINGT ABER NIX, ein Plädoyer für ein Leben in Unabhängigkeit und für ein Beziehungsmodell, das nicht damit endet, dass Paare in Rente gehen und sich nichts mehr zu erzählen haben, sondern weiter ihre Liebe leben, kommt gut an.
Frankfurter Neue Presse

Ingrid Metz-Neun blickt auf ein bewegtes Leben zurück. Jetzt hat die gelernte Schauspielerin und Synchronsprecherin ihren ersten Roman veröffentlicht. Das Buch BRAV KANN ICH AUCH, BRINGT ABER NIX ist eine Mischung aus Fantasie und Erlebtem.
Dithmarsche Landeszeitung

Gartenarbeit, Strandspaziergänge und das Schreiben an der Nordsee – für all das hat Ingrid Metz-Neun endlich Zeit. „In meinem Kopf ist so viel, was raus will – so schnell kann ich gar nicht schreiben", sagt sie. Gerade ist ihr erster Roman erschienen – und ein Hauch Autobiografie steckt in BRAV KANN ICH AUCH, BRINGT ABER NIX.
Straßenbahn Magazin

Ingrid Metz-Neun
Wenn der Verstand Pause macht, höre auf dein Herz
Lebens- und Liebesgeschichten
ISBN: 978-3-748167-19-8
171 Seiten, 10,00 €

Leserstimmen zu
Wenn der Verstand Pause macht, höre auf dein Herz:

Drei Geschichten, drei Frauen, die sich zwischen Herz und Verstand entscheiden müssen und im Alter zurück auf ihr Leben und auf ihre Entscheidungen blicken. Drei Geschichten, voll aus dem Leben gegriffen.
Die Autorin Ingrid Metz-Neun erzählt bildhaft und glaubwürdig, so dass man sich in die Protagonisten sehr gut hineinversetzen kann. Und manchmal den Vergleich mit dem eigenen Leben und den eigenen Entscheidungen zieht. Der Schreibstil ist flüssig und lässt sich sehr gut lesen. Die einzelnen Kapitel sind angenehm kurz. Sehr gerne habe ich dieses Buch gelesen.
*Mein Fazit: Ein sehr unterhaltsames Buch, das auch zum Nachdenken anregt. Ich gebe 5***** Sterne und eine ganz klare Leseempfehlung.*

Ingrid Metz-Neun schenkt uns ein herrliches Büchlein! Schon das Cover ist so schön, dass man das Buch sofort in die Hand nehmen muss.

Sie nimmt uns mit zu drei Frauen, die ihre Geschichte erzählen, und wie sie sich entschieden haben. Das Büchlein ist super gut geschrieben, ich habe die drei Geschichten an einem Nachmittag verschlungen und hätte gerne noch weitere gelesen! Ein Buch, das man gerne seiner Freundin schenkt!

Ingrid Metz-Neun
Schreiben ist wie leben – nur schöner
Roman
ISBN: 978-3-749429-95-0
164 Seiten, 10,00 €

Leserstimmen zu
Schreiben ist wie leben – nur schöner

Beim Lesen dieses schönen Buches wird einem schnell bewusst, dass jeder Einzelne von uns vergänglich ist. Was bleibt von uns? Vielleicht sollten wir alle, für uns wichtige Momente und Erinnerungen zu Papier bringen, um unseren Liebsten Trost zu spenden.

Wem es vielleicht nicht bewusst ist, oder wer es durch Beruf und Hektik vergessen hat, wird an die kleinen wichtigen Dinge im Leben erinnert.

Diese Gedichte und Geschichten lassen einen Blick auf die Seele der Mutter zu, mit Zweifeln, Stärken und Sehnsüchten ... Wer war meine Mutter wirklich? Diese Frage stellt sich Patrick, als er diese Sammlung findet ... und voller Spannung und Neugier liest. Diese Frage mag sich so mancher stellen, wenn die Eltern verstorben sind, nur haben viele nicht das Glück, Erinnerungen in schriftlicher Form und dadurch Antworten zu finden ...

Ingrid Metz-Neun
... wie Wunsch und Wirklichkeit –
die Reise des Lebens
ISBN: 978-3-750418-66-0
151 Seiten, 10,00 €

Die Sonne schien, die Vögel zwitscherten und die ersten Rosen waren im Vorgarten der Therapeutin aufgeblüht. Immer, wenn sie aus diesem Haus trat, fühlte sie sich leicht und unbeschwert, aber dieses Gefühl hielt leider nie lange an.

**Leserstimmen zu
... wie Wunsch und Wirklichkeit –
die Reise des Lebens:**

Liebe Frau Metz-Neun. Ich kann in all ihren Büchern Gemeinsamkeiten mit meinem Leben und meinen Gefühlen entdecken. Wenn ich traurig bin, schau ich immer wieder gerne hinein.

Gerade dieses Buch hilft mir so über den Tag. Mein Mann ist dement und ich weiß, was es heißt, einen solchen Alltag zu bewerkstelligen. Es ist schwer, wenn die Stimmungsschwankungen in immer kürzeren Abständen kommen. Schade, dass das Buch so kurz ist. Ich hätte gern noch weiter gelesen.

Ich habe selbst viele Sprünge in meinem Leben gemacht. Dieses Buch gibt so viel Hoffnung, dass man eines Tages glücklich werden kann.